わたしの幸せな結婚 五

顎木あくみ

富士見L文庫

もくじ

わたしの幸せな結婚　登場人物紹介

斎森美世（さいもりみよ）
斎森家の長女。
幼い頃に母を亡くし、
継母と義母妹に虐げられて育った。

久堂清霞（くどうきよか）
名家、久堂家当主。
帝国陸軍対異特務小隊隊長。
当代随一の異能の使い手。

ゆり江（ゆりえ）
久堂家の使用人。

五道佳斗（ごどうよしと）
対異特務小隊所属。清霞の忠実な部下。

久堂葉月（くどうはづき）
清霞の姉。一児の母。

辰石一志（たついしかずし）
辰石家の当主。解術の天才。

薄刃新（うすばあらた）
美世の従兄で薄刃家当主の息子。

大海渡征（おおかいとまさし）
帝国陸軍参謀本部少将。清霞の上司。

堯人（たかいひと）
皇太子。天啓の能力を持つ。

陣之内薫子（じんのうちかおるこ）
清霞の部下で元婚約者候補。

斎森澄美（さいもりすみ）
美世の実母。故人。

甘水直（うすいなおし）
異能心教の祖師。澄美の元婚約者候補。

序章

年の瀬も迫る、師走の夜。

すでに日は地平線に沈み、辺りは冷え冷えとした薄暗闇に包まれ、生き物の気配も感じられないほど静まり返っている。

堯人は障子の開いた窓をそっと覗き、闇にぼんやりと浮かぶ冬枯れた庭を見つめた。

「――では、本当によろしいのですか」

彼の背後で問うのは、軍の要職に就き、堯人とかかわりの深い軍人、大海渡征だった。

ささやかな明かりのみ灯る寒々しい室内には、この二人のほか、主に政の面で側近として帝を支える内大臣の姿もある。

現在、内大臣を務める鷹倉は、堯人が帝に代わり公務を始める際にその職に就任した男だ。

まだ三十代前半と若いが、柔軟な思考の持ち主ゆえに優秀で年齢も近いため、堯人が最も信頼する人間のひとりである。

堯人は二人に向き直らぬまま、軽くうなずく。

大晦日（おおみそか）の宮中行事である大祓（おおはらえ）も夕方には終わり、明日からの慌ただしい日程に備えるように、人の姿は他にない。

帝のそばに侍（はべ）り補佐をする宮内大臣および侍従長も席を外し、室内には三人だけであった。

「よい。今上帝の失踪は、民に知られるべきではない。軍が総出で探せば、感づく者もいよう。……いずれにせよ、今は見つからぬしの。それよりも、皆をきちんと休ませよ。年が明ければ、のんびりしてもいられぬ」

先達ての、異能心教（いのうしんきょう）によると思われる帝の拉致は大きな問題だ。しかし、堯人はあえてその重大な事実を国民に隠していた。

目を閉じれば、ここではない時と場所が瞼（まぶた）の裏に映る。雪の帝都に、争う人々の声までも聞こえてくるようだ。そしてそれは、近い将来に現実となる。

堯人に視（み）える未来は未（いま）だ多くなく、そこにたどり着くまでの道筋をはっきり示されるわけでもない。けれど、直感する。この未来は、避けられぬ大きな奔流であると。

であれば、今は下手に騒がず、その大波が来るまで力を溜（た）めておくのが最善だ。

さあ、と音を立て、凍える風が、わずかに残った枯れ葉を巻き上げながら吹き込む。

堯人は身震いしそうになって、手ずから障子を閉めた。

「帝はご無事なのですよね」

念を押すように訊ねたのは鷹倉だ。

「無事も無事。異能心教も、わざわざ殺すために帝を連れだす手間をかけるはずがなかろうよ」

堯人は答えてから、座布団の上に腰を落とす。

「我としては、そのまま今上帝には退場していただいてもよかったが――」

「まさか、それは……あまりにも」

自嘲気味に漏らした本音に、大海渡がいくらか咎めるような声音で呟き、鷹倉もともに言葉を失くす。

臣下たちのあからさまな反応を見た堯人は、微かに口端を吊り上げた。

国を率いる者として、民のためを思えばこそ、実父の死さえも望む。大海渡の言う通り、あまりにも情に欠けた発言をする自分に呆れてしまう。

権威と地位だけは未だ健在の今上帝と、実権を握った次期帝。二人が両立する現状が争いの元でしかないのは、火を見るよりも明らかだ。

異能心教が帝を手にかけていれば、どんなに単純に物事が済んだだろう。

（確かにこれでは、我は人でなし、であろうな）

民は堯人たちを、神の血が流れる一族と崇める。だからきっと人と違って情が薄いのだ、と冗談と皮肉交じりに考えた。

「して、二人とも。例の件は、進んでおるか」

「滞りなく……と言いたいところですが、そうもいかず。軍では反対意見が多く、やはり困難かと」

「こちらも同じく。宮内大臣をはじめ、多くの政治家や官僚から反発があります」

「当然であろうな。だが、効率を考えればこれが最善ゆえ、どうにか推し進めてほしい」

「努力します」

「かしこまりました」

「なるべく急ぐように」

大海渡、鷹倉両名が恭しく礼をするのを見届け、ゆったりとした動きで肘掛けに頬杖をつく。

堯人の持つ天啓の異能は、まだ不完全だ。

仕組みなど知らないが、正式に帝位に就かねば神に認められず、完全な天啓の異能は手に入らない。……と言われている。

ゆえに、歴代の皇太子がそうであったように、堯人の予知する未来もまた不安定で、とてつもない先であったり、ほんの数秒先であったりする。見たい未来を視られるわけでもない。

つい先日も、不完全さが仇となって現場に混乱を招いてしまい、危うく斎森美世を異能心教に奪われるところだった。

焦っても能力は向上しないが、それでも、見える範囲の予知の断片からできる限り正確に未来を予測し、対策を立てねばならない。

「……この道で、本当に良いものか」

いくつか、たどり着くべき未来に必要な要素は見えている。ただ、やはりそれはすべてではなく、常に手探りだ。

此度の堯人の策が、果たして吉と出るか、凶と出るか。

神に連なるとされ、神の声を聞くと言われる堯人は、常人と変わらず思考を巡らせるほかなかった。

一章　年明け、ざわめき

家を出ると、きん、と冷えた空気が頬に突き刺さる。

玄関前から周囲の木々まで昨夜降った雪に薄(うっす)ら覆われ、眼前に広がる世界をほのかに白く染めている。

斎森(さいもり)美世(みよ)は玄関の引き戸に手をかけたまま、しばしその純白の景色に見入った。

「綺麗(きれい)……」

雪をそんなふうに思ったのは、ほとんど初めてのような心地だった。

去年までの冬は、雪が降れば一段と冷え込む上に、腰をだるくさせながら重たい雪を掻(か)かなければならず、悠長に雪景色を眺めている余裕などなかったのだ。

ただこうして、純粋に景色を美しいと思える瞬間に、深く幸せを感じる。

「さすがに冷えるな」

すっかり雪に心を奪われていた美世は、背後から聞こえてきた声に息を止めた。

肌を刺す冷気の中だというのに、かっと頬が熱くなる。

「は、はい……」

気恥ずかしくて、後ろを振り返ることができない。ぎこちない返事をする美世を、婚約者である久堂清霞はさっさと追い抜いて玄関先へ出た。

元旦――年が明け、けれどすでに朝というにはやや遅い時刻。

美世と清霞は、これから二人で初詣に出かけるところであった。

藍色の着物の上から灰色の洋風のコートを纏った清霞は、美しい景色の中にあっても少しも見劣りせぬ美貌で、未だに慣れることがない。

翻って、美世は白地に色とりどりの扇模様が散る小紋に、落ち着いた淡黄色の羽織を身に着け、防寒のために襟巻きと手袋をしている。

正月ゆえの普段よりやや派手な装いで、さらには昨晩のこともあり、浮き足立つような、居たたまれないような気持ちだ。

(だって、だって)

前は、不意打ちのようなものだった。けれど、昨晩は違う。

美世自身も望んで――したのだ、口づけを。

二度目だからといって慣れるわけがない。むしろ前よりももっと激しい羞恥が湧いてきて、とてもまともに清霞と顔を合わせられない。

我ながら理不尽と思いつつも、彼の背を少しだけ恨みがましく見てしまう。

（……どうして平然としていられるのですか、旦那さま）

口づけくらい、清霞にとってはたいしたことではないのだろうか。

確かに、年が明けて美世は二十歳になり、清霞は二十八歳になった。美世も十分に行き遅れだが、彼とて結婚には遅い年齢だ。

清霞が年相応に、いろいろな経験をしていてもまったく不思議ではない。

婚約者候補であったという、陣之内薫子との間には何もなかったらしい。とはいえ、彼が潔癖、というほど完全に女性嫌いなわけではないことは、もう美世にもわかっている。

（旦那さま……やっぱりそういう、破廉恥なこと……）

考えただけで、まるで茹蛸のように顔が上気し、のぼせ上がってしまう。

だって、『そういうこと』に慣れていなければ、いくら二回目で触れるだけの短い口づけだったとしても、あれほど冷静でいられるはずがない。

自分はこんなにも恥ずかしいのに。

毛糸の手袋をした手で、見えなくとも赤いとわかる両頬を覆う。

こうして隠していないと、ひとりでいかがわしい妄想に耽り真っ赤になっている頭のおかしな女になってしまう。

「美世」

「……はい」

「何をしているんだ。行くぞ」

振り返る清霞はまったく涼しげな表情で、こちらに手を差し出している。

美世は恥ずかしさを押し殺し、俯きがちにわずかに唇を尖らせて大人しく清霞に近寄った。

けれど、その行動は彼のお気に召さなかったらしい。

清霞は眉を顰めると、美世の左手を掴み、さらに身体を引き寄せる。

「ぼうっと歩いていると転ぶ」

「ご、ごめんなさい」

「謝らなくていいから、足元に気をつけろ。雪で滑りやすくなっている」

「はい」

清霞はそのまま、手を離さずにゆっくりと歩き出す。

手袋をしていてよかった。でなければ今ごろ、やけに熱くなった体温を不審に思われていたかもしれない。

仄かに白く染まった景色が、歩く速度で緩やかに流れていく。

これから初詣に行く神社は、帝都の中心部よりも家に近い、やや外れた場所にある。

例年であれば、久堂家が先祖代々世話になっているという旧都の神社に赴くところであったようだが、今年ばかりはそうも言っていられなかった。

原因はもちろん、甘水直率いる異能心教の脅威のためである。

美世が夢見の力を持つことでその身を狙われていることもあるがそれだけでなく、帝の誘拐のせいでもある。

帝国の民は、帝がその座から失われてしまった事実に気づかぬまま、穏やかに新年を迎え、祝っている。

（……旦那さまとこうしてお正月を過ごせるのも、堯人さまのおかげね）

徐々に顔の火照りが冷めてきて、美世は未だどくどくと脈打つ心臓を落ち着けながら、繋がれた手を見つめた。

年末に対異特務小隊の屯所が甘水によって襲撃を受けた件は、依然鮮烈な記憶として残っている。

そして、その襲撃は、宮城で幽閉同然の状態になっていた帝を異能心教が拉致するための陽動だったのだ。

本来、帝が連れ去られたとなれば、前代未聞の大事も大事。こんなふうに穏やかに過ごせるはずもない。国中ひっくり返るような大騒ぎになり、清霞のような軍人たちはもちろんのこと、国民が総出で捜索することになるだろう。

けれど、堯人は異能心教による帝の誘拐について、厳重な箝口令を敷いた。政府関係者にも情報を漏洩させることは固く禁じられ、破った場合は厳しい処罰がある旨が通達された。無論、美世も一般人ではあるが、対象者だ。

あくまで国民に知らせてはならない。これが堯人の決定だった。

よって師走の間は一部の軍人たちに動員がかかり、内々に帝の捜索が行われていたものの、それも年末にはほとんど打ち切られ、年末年始の休養が十分に与えられることになったのだ。

「あの、旦那さま」

「なんだ」

「……その、本当にこんなにのんびりしていてもよろしいのでしょうか」

美世がこぼすと、清霞は歩をとめないままに静かにこちらを見下ろす。薄い色をしたその瞳はひどく凪いでいた。

「堯人さまがそうせよと仰るからには、現状のままでいいということだろう」

「陛下のことも、ですか？」

「ああ。帝の御身が真に危険であるならば、堯人さまの天啓で把握できる。そして、堯人さまもそれを無視はなさらないはずだ」

帝は美世にとって、仇、といってもいいような存在だ。

実母である斎森澄美の生前、帝が薄刃家に手を出さなかったならば、澄美と美世の苦労は半分以下になっていたに違いなく、苦しまずに済んだのだ。

引き換えに美世は生まれていなかったかもしれないけれど。

どちらにせよ美世は帝を手放しでは敬えないし、だからといって直接会ったこともない帝に強い憎しみを覚えることもない。

ただ、帝がいなくなったことを知りながら、知らないふりをして過ごすのは心苦しかった。

(……いいえ、違う)

美世はひとつため息を落とす。

本当はわかっている。そうやって、状況に理由を探し、今は己の気持ちと向き合う余裕がないと逃げているだけ。

手を繋いだまま、斜め前を歩く婚約者の、結った長い髪が揺れる背を眺める。

対異特務小隊が、甘水の襲撃を受けたあのとき……確かに美世の心に浮かんだ気持ち。

そして、昨晩の口づけを交わしたときの——あの温かな想い。

正体を自覚してしまったらどうしたらいいかわからなくなりそうで、深く突き詰められずにいる。

「美世」

「は、はひっ」

驚いて、おかしな声が飛び出した。せっかく冷めた頬に、今度は違う意味でまた熱が集まってくる。

「あー……今のは、何か言ったほうがいいか？」

呆れたような清霞の口調に、美世はますます恥じ入った。

「いえ、あの、何も、言わないでください……」

上の空で歩いていてはいけない。恥ずかしい思いをするのは自分だ。美世は固く自分を戒めた。

「では、朝からのおかしなお前の挙動についても、追及しないほうがよさそうか」

「だ、だん……」

いつものことだけれど、清霞にはすべて知られているらしい。美世が朝から、舞い上がったり落ち込んだり、百面相する原因もまた然りである。

言葉を失い、呆然（ぼうぜん）としてしまう美世に、清霞はやれやれといったふうに息を吐いてから微笑（ほほえ）んだ。

「まあ、答えたくないなら答えなくても構わん。今はまだな」

「…………」

もう黙り込むことしかできない。

つまり、今のところは見逃してもらえるが、いずれは美世も自分の気持ちに向き合え、ということだろう。

（わたしは……）

まさか、このような問題に直面する日がくるとは思っていなかった。

当初は、斎森家から逃れられればそれでよいと考えていて、さらに平穏な生活が送れるならば、これ以上ない幸福だと本気で思っていた。

それなのに——さらにその上の、己が身に余る、おこがましいほどの幸せがあるなんて、まるで想像していなかった。自分にはもっとも縁遠いもののはずだったのに。

どうしていいか、わからなくなる。

ほのかに気恥ずかしい空気を漂わせつつ、二人は閑静な農道をゆっくりと通り過ぎ、ようやく帝都の端にさしかかる。

郊外は閑散としていたが、やはり帝都に入ると美世たちと同じ目的なのか、それなりに多くの人々が歩道を行き来していた。

皆、それぞれ正月の祝いに相応しい華やかな着物に身を包み、白い息を吐きながら笑顔を浮かべている。

美世と清霞も互いの手を繋ぎなおし、賑わう人の流れに加わった。

「美世」

「はい」

「そういえば……お前は例年の正月はどうしていたんだ？」

口に出してしまってから、複雑そうに顔をしかめ、「いや、いい」と言葉を濁した清霞に、美世は小さく笑ってしまう。

こういうところがあるから。

不器用で、でも優しくて、だから自分は彼のそばにいたいのだ。

「いいんです。不思議と今は、あの頃のことを思い出してもつらくありませんから」

「本当か？」

「はい、本当です。……いつもお正月は、お屋敷でお留守番でした。使用人の皆もほとんど帰省してしまって、家族は——」

ふと、父と継母(ままはは)と、妹の姿が脳裏に浮かんだ。けれど、彼らを家族、と何気なく呼んでも微(かす)かに口の中が苦くなるだけで、以前よりずっと心穏やかでいられる。

正月は好きではなかった。

斎森家の人々は挨拶回りで慌ただしくしていて、三が日に限っていえばつらさは普段よりない。しかしその代わり、三が日を過ぎると挨拶回りで溜(た)まった鬱憤を晴らすように、いつも以上に継母や異母妹に厳しく当たられることもしばしばだったのだ。

三が日の家族が留守の間、わずかに残った使用人は美世に優しく、お節料理のひとかけも恵んでもらえた。だが、その後に待っている痛みを思うだけで、もう正月には嫌な気持ちしか湧かなかった。

あの三人がいないからって、特別な優しさはいらない。だから、正月なんてこなければいい。そう思って部屋にばかりこもって過ごしていた。

「家族は、新年のご挨拶に忙しそうで。わたしもいつものようにお屋敷で働いていたら、お正月はあっという間に過ぎていました」

清霞の大きな手のぬくもりを確かめながら、努めて微笑む。

優しい婚約者に、当時の自分の気持ちをそのまま伝えるのは憚(はばか)られ、返答はごく端的なものになってしまった。

けれど、いいのだ。清霞は美世が過去に抱いていた、ともすれば真っ黒な汚泥のように引き摺りこまれそうな、醜い感情を知る必要はない。

だって、彼はそんなものをすべて干上がらせてしまうほどの光を、その温かさを、美世に与えてくれた。清霞は真摯に美世の話を聞いてくれるから、わざわざそんな彼の心を痛めることは言わなくていい。

「そうか。では初詣に行ったこともないのか？」

「初詣は、記憶は残っていませんが、たぶん実母が生きていたときには連れていってもらったと思います。でもそのあとは……花とお屋敷の神棚にお参りしていました。花がいなくなってからはひとりで」

実家には座敷に神棚があった。家族が留守の間や、出かけているわずかな隙。美世にとって神に拝むといえば、もっぱらその神棚だ。

清霞は心底不機嫌そうに顔をしかめる。

「それは初詣と言っていいものか、考えものだぞ」

「……はい。あらためて考えたら、その通りだと思います……」

久堂家の起源は旧都の公家、しかも主に神事に関係する一族だったそうなので、恥ずかしいかぎりだ。

「まあ、いい。今年からはちゃんと神社に参拝できる。今までの分もしっかり拝んでおけ。──ほら、あれだ」

清霞の視線の先を辿ると、大きな社が見えてきた。

どっしりと大きな屋根と注連縄がひと際目を引く。鳥居からそこまで繋がる石畳の路は人で埋め尽くされるほどに賑わっていて、賽銭箱の前まで行列ができていた。

この神社は帝都最大というわけではなく、祭事なども行われる帝都を代表する神社は他にある。それなのにこの人出なのだから、大変なことだ。

「すごいです……！」

「はぐれるなよ」

参拝者の行列の最後尾に並び、大勢の人々の喧騒を聞きながら順番を待つ。

どのくらい待っただろうか。いよいよ美世たちの番が回ってきて、美世は自身の財布から小銭を取り出して賽銭箱へ投げ入れる。

同じように賽銭を入れた清霞とともに、二礼し、手を二度叩く。知識として知っていても、慣れない参拝の作法にわずかに緊張しながら、美世は手を合わせて神へ語りかける。

（神さま、わたしはこれから、どうしたら良いのでしょうか）

無論、神からの答えはない。

それでも、語りかけるのをやめられなかった。

（わたしは旦那さまと一緒にいたいのです。それだけではいけないのでしょうか）

愛、といえばいろいろな形がある。友愛、親愛、家族愛。だったら、美世が清霞に抱くこの想いは？

彼をもっと知りたいと願い、彼に近づく他の女性に嫉妬して。離れたくないと熱望する。こんな想いに名前をつけてしまっていいのだろうか。

（――怖い）

胸に抱く愛の形が何なのか、知ってしまうのはひどくおそろしい。

ひとりとひとりの間で交わされる感情の醜さと激しさを、美世はよく知っている。そしてその感情が他者まで巻き込み、蝕(むしば)み、不幸にしうるものだとも。

思考が深みにはまりそうになる。けれど、肩を軽く叩かれて、美世は現実に引き戻された。

「美世、大丈夫か」

「あ、はい……」

慌てて手を下ろし、一礼して移動する。どうやら、ただ拝むにはかなり長い時間が経(た)っていたらしい。

迷惑そうな後ろの参拝客の視線から逃れるように、清霞に手を引かれて列から外れた。

「旦那さま。ご、ごめんなさい」

「いや……しかし、何をそんなに熱心に願っていたんだ」

どきり、と心臓が跳ねる。

言えない。言えるわけがない。あらためて考えてみると、せっかくの初詣だというのに何やら不純なことに費やしてしまった気がする。

自分の心の内にある悩みなら、神に相談するのではなく自分で考えるべきだ。

急に己の行動が恥ずべきものに思えて、美世はうつむいた。

「あの、その……それは」

正直に答えたらきっと清霞は呆れるだろうし、そもそもおいそれと表に出せるものではない。

「――私は」

美世の答えを待たず、清霞が口を開いた。

「私は毎年、帝国が平穏無事であるようにと願っている」

「はい。素晴らしいお願いごとだと思います」

実に帝国軍人の清霞らしい願いだ。どうして急にそんなことを言ったのかはわからないが、やはり彼は立派な人物であると感心する美世をよそに、清霞は続ける。

「だが、今年はもうひとつ願いを追加した」

寒さのせいか、少し首を傾(かし)げながら見上げた清霞の耳はほんのりと赤い。

「旦那さま？」

「……お前と――られるようにと」

肝心なところは、声が低くかすれて聞こえなかった。

けれど、美世は聞き返すことなく口を噤(つぐ)む。なんとなく、想像がつくような気がして。

（きっとわたしと、同じ気持ちでいてくださっているから）

一緒にいたい。ずっと、この人生の途切れる日まで。

社を背に、美世はそっと願い事を追加した。

参拝を終え、二人は示し合わせたわけでもなく、ふらりと仲見世の並ぶ参道を歩く。

境内へ続く参拝客の列もたいそうな長さであったが、仲見世もかなりの人出で賑わっている。

正月なので大小さまざまな達磨(だるま)や、装飾のついた破魔矢、熊手といった縁起物など売られているのが美世には物珍しく、歩きながらついまじまじと凝視してしまう。

「何か珍しいものがあったか？」

「え、あ、えっと」

よく見ると通り過ぎる人々の中でそれほど市に目を奪われている者はなかなかいない。小さな子どもくらいである。

いい年をした女がする行動ではなかったと、美世は赤面して口ごもる。

頭上から、くす、と清霞の小さな笑い声が降ってきた。

「ゆっくり見ればいい」

「あの、でも恥ずかしいですし……」

言いながらわずかに上げた目の先には、柔らかく微笑む清霞がいる。そうして、なんとなく視線を合わせて互いに見つめていた、刹那。

遠くのほうの人混みで雑踏にまぎれ、にわかにざわめきが広がった。

――否、美世が気づいたのは声が上がってからだが、清霞はその前からすでに鋭い視線を騒ぎの一角に向けていた。

「旦那さま？」

「異形の気配がする」

「こんなところで、ですか?」

「ああ……」

渋面で言葉を濁す清霞。不可解な婚約者の反応に首を傾げながら、美世は人混みへ目を向けた。

着物や外套に身を包んだ人々が、わずかに開けた場所で輪を作っている。中心に芸人か何かだろうか。何人か人がいて、どうやら皆それを見物する野次馬のようだった。

人垣の向こうはよく見えない。しかし、清霞の言うような異形がいる様子ではない。

「なにか催しのように見えます」

「いや——あれは、異能心教だろう」

美世ははっと息を呑んだ。

(それって)

閃くものがあって、連日の新聞記事を脳裏に浮かべた。

実はあの帝が拐かされた事件以降、異能心教はその勢力を急速に伸ばしつつあり、帝都の民もその存在を知るところとなっている。

異能心教。母、澄美の婚約者候補だった甘水直の率いる、反帝国を掲げる組織だ。

美世が間近で対峙したのは駅で一度、祖師を名乗る甘水が対異特務小隊屯所に乗り込んできたときに一度。けれど、その二度の遭遇で甘水の脅威は十分に感じていた。

帝国の民は、帝が拐かされたことも、誘拐を行ったのが異能心教であるとも知らない。

それをいいことに、『異能心教は異能を使用でき、その超人的能力で新世界の構築を目指す』といった文句で次々と信徒を増やしているらしいのだ。

無論、でたらめだ、胡散臭いと一蹴する民も多く、誰もが異能心教を支持しているわけではない。

だが、実際に異能心教が裏で行った黒い活動を知らず、彼らの宣伝活動に世間が大きな関心を示しているのは確かだった。

人の輪の中心には見れば三人ほどの黒いコートを纏った者たちが立っており、内のひとりがよく通る男声で何かを喧伝している。

「我々は異能心教に属する平定団です。皆さま、こちらをご覧ください」

黒いコートの二人目が、手に持った籐製の鳥籠のようなものを掲げる。

途端に、再びざわめきが起こり、中には悲鳴すら混じっているようにも聞こえた。

美世も咄嗟に悲鳴を呑み込んだ。

「あれは……」

籠の中には見たことのない生物が蠢いている。

全身は黒に近い焦茶色で、ところどころに白い斑が散っている。四足歩行の獣のように見えるが、よく目を凝らせば猿と鳥を混ぜたような姿であった。

背には二枚の翼。前脚は毛に覆われた五本指で、後ろは三本指の鳥の足。焦茶色の羽毛に囲まれた顔は赤みを帯びた猿のごとく、しかし黒い嘴があり奇声を上げている。

（怖い。あれが、まさか異形なの？）

臓腑の底から湧き上がるような本能的な畏怖で、身体に悪寒が走る。

「信じられん好き放題をしてくれる」

清霞は微かに眉を寄せると懐から白い紙を取り出し、式を作る。複数の式は彼の手を離れた端から、舞い上がり、宙を滑るように飛んでいく。

彼の顔はほんの少し前の穏やかなものとはまるで違う、冷たささえ感じさせる一分の隙もない軍人のそれへと様変わりしていた。

「旦那さま」

「気にするな。当直の者に通報しておいただけだ。あれほど堂々と振る舞ってはいるが、奴らは犯罪集団で、捕縛対象だからな」

美世はあまりの衝撃に、わずかに身震いしながらうなずく。

その間も、平定団を名乗る者たちは何やら口上を述べている。

「これは、古来この帝国のあちこちに存在する化け物。我々は『異形』と呼んでいますが——妖(あやかし)や鬼とも呼ばれ、放っておくと人に害を及ぼします」

身振り手振りを加え、もっともらしく語る黒いコートの男の姿は、妙に信憑(しんぴょう)性を感じさせる。

人々は夢中に、とまではいかないまでも、多くが食い入るように見物していた。

「旦那さま、わたし……どうして異形が見えているのでしょうか」

二十年の人生で初めてだった。異形を目にしたのは。驚くまま、美世は清霞に問う。

見鬼(けんき)の才がないはずの美世の目に、おどろおどろしい異形の姿が今もはっきりと映るのは、本来ありえない現象だ。

注意深く様子をうかがえば、異形の姿が見えているのは美世だけではない。おそらく見鬼の才を持たぬであろう、異能心教の者を取り囲む人々の多くが、異形を収めた籠を指し、怯(おび)えた表情を浮かべたり、好奇の目を向けたりしていた。

清霞が思案を巡らせるように顎に手をやる。

「同じ現象がすでに何件か報告されている。調査中だが、本来見鬼の才を持たない者に異形の姿を見せる技術、あるいは見鬼の才を持たぬ者でも目視可能な異形そのものを異能心教が生み出したのかもしれない」

「そんなことが可能なのですか？」

にわかには信じがたい。声が、揺れる。

さすがの甘水でも、そのような非現実的な技術を開発できるだろうか。

異形を目視できるのは見鬼の才がある者、そしてその上位の存在である異能者に限られる。この事実が変わったことは今までかつてないはずなのに。

「わからない。だが、異能や異形の研究は我々よりも異能心教のほうが二歩三歩先を行っている。奴らがこちらの把握していない技術を保有していても、不思議はない」

歯痒そうな清霞の呟きを耳にすると、どこかもどかしいような、少し期待してしまうような居心地の悪さを感じた。

美世は今も堂々と演説を続ける異能心教の者たちを、少し恨めしく見遣った。

（もしそんな技術があるのなら、わたしも……）

望んでも、望んでも、決して手に入らなかった、見鬼の才。

それさえあれば、と何度思っただろう。

今だって、清霞たちと同じ景色を見られたら、と願ってやまないのだ。

（異能心教はずるい）

こうして、持たぬ者の願望を刺激する。それが彼らの策略だとわかっていても。

無意識に握りしめた手が、わずかに震えた。けれど、宥めるように清霞にその手を優しく握り返される。

「美世」

「はい」

「お前はそのままでいい」

清霞の口調ははっきりとしていて、少しの揺動もない。その強さに、はっとさせられる。

清霞の言葉にはいつも奮い立たされる。胸を焦がす羨望が、じりじりと燻りながら薄れていく気がして、美世は再び人混みのほうに視線を向けた。

「旦那さま……」

異能心教による演説はなおも続いていた。

「古くからこの帝国に跋扈するこれらの異形。しかし政府はその存在をひた隠し、積極的な対処を怠って脅威を放置しています。今にも我々の日常が脅かされようとしているのに！」

ざわり、と人々の間で不安の声が揺らめき、広がった。

事情を知っていれば彼らの言い分が無茶苦茶な主張だとわかる。

政府は別に異形の存在を隠してなどいない。ただ多くの人が信じぬだけで。

しかも退治を怠っているわけでも決してない。たとえ異形が相手であっても、手当たり次第に退治するのではなく、不必要な殺生は避けているにすぎず、本当に危険な異形は清霞たちが真っ先に滅している。

国中に異形が存在するのは確かな話だ。けれども、人の害にならないものは無駄に殺さない。至極真っ当なやり方と言える。

裏を返せば、異能心教は罪なき命までも皆殺しにすることを推奨している。

美世は彼らの主張にとても賛同できそうになかった。

周囲に動揺が走ったことに気を良くしたのか、さらに平定団を名乗る異能心教の者たちは力説する。

「しかし我々、異能心教および平定団は違います。異形を滅する力『異能』を有し、真に正義ある者には異能を与え、人類に仇（あだ）なす異形を積極的に退治いたします。我々が皆さまを守るとお約束しましょう！　さあ、ご注目」

あらためて先ほどの異形が入った籠が大きく掲げられる。

相変わらず、甲高い鳴き声を上げて焦茶色の生物が中で暴れていた。

「今からお見せするのは、異形を退治する神の御業（みわざ）。異能と呼ばれる、選ばれし者だけが手にできる人智（じんち）を超えた力です。瞬きせずにご覧あれ！」

鳥籠を掲げている者、演説をしている者とは別に、脇に控えていた三人目。黒いコートを羽織ったその人物が前へ進み出て右手をかざすと、異形の入った籠の底から水のようなものがじわりと滲み出した。

見物人たちから、驚きの声が上がる。

異能であるため、もちろん種も仕掛けもない。ただ、籠の中にこんこんと水が湧き、溜まって、ついに異形の身体の半分を浸すほどになった。

「旦那さま……」

思わず縋るようにして清霞のコートの袖を握ってしまう。

このままでは、籠の中の異形はきっと異能心教の者たちの異能によって滅される。異形には実体がない。けれど、確かにそこに存在しているひとつの命である。

あれでは、無意味に野生動物を撃ち殺すのとなんら変わりない。たとえあの行為自体が罪に問われることはなくとも、褒められた行動では決してなかった。

胸がざわざわと、不穏に波立つ。

怖い、とも、悲しい、とも違う。なんとも嫌な気分だった。

「待て。——来た」

「え？」

清霞が見遣った方向を追って、美世も視線を巡らす。

その先に見慣れた軍服の集団を見つけた。

「はいはい。ちょっとどいててくださいよ～」

軽い調子で人混みへ呼びかけつつ、先頭を歩くのは五道であった。後方には美世も見知った対異特務小隊の面々が付き従う。

「帝国陸軍所属、対異特務小隊です。道を開けてくださ～い」

陸軍の名を聞き、彼らの纏う軍服を目にすると、驚くほど露骨に人々が五道たちを避けて通路の脇に寄っていく。

「じゃあ全員、行動開始。ちゃちゃっと捕縛よろしく」

「了解」

五道の適当すぎる指示に従い、対異特務小隊の隊員たちは次々と人垣をかき分けて、異能心教の者たちの捕縛にかかる。

様子をしばらく見届けた五道が、満面の笑みで手を振りながらこちらに近づいてきた。

「この度は通報にご協力、ありがとうございました～」

「お前な」

笑いながら発された部下の軽口に、清霞は呆れまじりで額に手を当てる。

「いやあ、助かりました！　さすが隊長」

「悪ふざけがすぎる」

「だって〜、もう、おちゃらけないと……やっていけないというか」

五道は疲れ果てた表情で大袈裟(おおげさ)にがっくりと肩を落とし、ため息を吐(つ)いてみせる。

いつもへらへらと明るい笑みを浮かべている彼がこんな振る舞いを見せるとは、余程のことではあるまいか。

「……お仕事、お忙しいのですか？」

心配になって美世が訊(たず)ねると、五道は急に勢いよく顔を上げた。

「そう！　そうなんですよ！　もう忙しすぎて死にそうなくらいで。正月早々いい迷惑」

「美世。こいつの言い分は真面目に聞かなくていい」

「なんでそういうこと言うんですか！　まるで俺がわざと同情を引こうとしているみたいじゃないですか」

地団駄でも踏みそうな勢いで憤慨する五道へ向ける清霞の視線は限りなく冷たい。

「違うのか？　お前がおちゃらけているのは今だけでなく、いつものことだろう」

「でも正月ですよ！　いくら当直だからってこんなに酷使されるのは納得できません」

「長く休んでいた分、精力的に働きたいと言ってお前が自ら志願したのだろうが」

清霞に一蹴され、五道は両手で顔を覆い「ひどい、ひどい」と嘆く。

どうやら対異特務小隊が忙しいのはその通りであるようだが、五道は特別調子が悪いわけではないらしい。

それはそれとして、対異特務小隊の対応は実に迅速だった。

到着と同時にただちに異能心教の者たちを捕縛し、連行していく。美世が気になっていた籠に入った異形も、すでに隊員の手に確保されていた。

（すごいわ、あっという間ね……）

異形の無事を案じるのもおかしな話だが、どうにか消滅を免れればいいと願う。

異能心教を中心にできていた人だかりも、軍の取り締まりに興が削がれたか、恐れをなしたのか、徐々にまばらになっていた。

ただ、このような異能心教の活動が帝都のあちこちで行われていると、最近は連日報道されていた。

今回はなんとか収まったものの、ほんの氷山の一角でしかないのだろう。

「でも冗談じゃなく、異能心教の活動範囲はだんだん広がっていますし、こういった演説や異形退治の実演の回数も増えてきています。今はまだ隊長が休みをとれるくらいは余裕がありますけど、近いうち、うちだけじゃ手が回らなくなりそうですよ」

五道が言うと、清霞は冷静にうなずく。

「ああ。——異形が一般の人間にも見えている原因はわかりそうか？」

「どうでしょう。なにしろ試料がないので、仮説は立てられても実証が難しいですからね。今回、無傷ではありませんが問題の異形は手に入ったので……」

五道は不自然に言葉を切り、横目で美世の顔をうかがう。

彼の言い方から、あの籠に閉じ込められた異形が実験に使われてしまうのは想像できる。おそらく美世が気分を害することを五道は心配しているのだろう。

けれど、美世だって世の中が綺麗ごとでは回らないくらいは心得ている。

「気にせず、続けてください」

「すみません。……たぶん今後、多少は研究が進むと思います。まあそれでも、異能心教に追いつくのは無理でしょうけど」

「だろうな。屯所に戻ったら、早急に調査を進めるように依頼しておけ」

「了解です」

一礼し、隊員たちのもとへ五道は戻っていった。なんだかんだといっても、彼は清霞の優秀な部下だ。

清霞は五道が去り、わずかに苛立ったように自らの前髪をくしゃり、と乱した。

「美世。すまないが――」

「はい。わかっています」

美世は婚約者の考えを正しく察し、先んじてうなずきを返す。

この件に遭遇し、清霞が軍へ通報したと言ったときから承知していたことだ。

「これを」

手渡されたのは、小さく折り畳まれた白い紙が三つほど。式を生成するのに使うものと同じに見える。

「前に渡した改良済みのお守り(まも)は持っているな？」

「は、はい」

非常事態に備えた護身用の式だろう。

美世も、見鬼の才はなくとも異能者の端くれだ。一定以上の術者としての素質は持ち合わせている。加えて、清霞手製のお守りは改良され、術式の発動を補助してくれる。

一から式を作るのはまだ難しいが、補助さえあれば、ようやくこういった術具の類を扱えるようになった。

「戻るのが遅くなるかもしれないが、ここで待っていてほしい。私もお前から目を離さないようにはするが、何かあればそれを使え」

それだけ言い残し、隣を離れ、崩れかけの人垣をかき分けて部下のあとを追う清霞の後ろ姿を見送る。

本心では、少し心細い。

だが、何より清霞は美世の婚約者である前に帝国と民を守る異能者であり、軍人だ。

すぐそばにいて、ひとりにしないでほしいなんて我儘を、美世は言えない。

彼は美世の安全を一番に考えてくれている。異能心教を見つけても、自ら真っ先に彼らを止めに行かずわざわざ五道たちを呼んだのも、きっと美世の身の安全を優先したから。

清霞が隊員たちに指示を出している様子がよく見える。

今もこうして護身できるよう配慮し、清霞が美世の視界から外れることはいっさいない。

最大限、まだ甘水に狙われている美世を守っている。

だから軍人の妻になる者として、黙って清霞を送り出す以外の選択はできなかった。

(わたしも浮かれてばかりでは、いけないわ)

美世は手に持った紙片を胸元で握りしめた。

翌朝の新聞は、各紙が『元日、神社に異形現る』と大きく報じていた。

記事の趣旨は異能心教の活動を詳細に紹介し、彼らの言う異形がいったいどういった存在なのか、ということに終始している。

だが、これまで異形や異能の存在を隠し立てしていた政府や軍への不信感をあらわに、非難する記事もある。

当然ながら、早朝から清霞は渋面を作っていた。

美世は何を言っていいかわからず、ちゃぶ台の上に朝食の雑煮と煮物、酢の物といった正月らしい料理を並べていく。

「はあ。……美世」

「はい」

腹の底から出たような深いため息を落とした清霞が、新聞から目線を上げる。

「今日は屯所に行く。お前にも来てもらう」

「わかりました」

「――読むか？」

美世はうなずき、渡された新聞紙を広げて大雑把に目を通す。

やはり、控えめ、とは言い難いほどの面積に異能や異形の文字が踊り、悪感情を喚起する言い回しがされていた。

曰く、実は軍には、当初より異形に対処するための専門部署——対異特務小隊が設置されている。だが異形が現れた際、異能心教の告発通りに対処を怠っているならば、帝国民の血税が注ぎ込まれている意味はあるのか、と。

(どうして、こんな書かれ方)

ほとんどの帝国民は対異特務小隊の任務遂行の現場を見たことがない。

一方で、積極的な異能心教の宣伝は、帝都に暮らし、帝都を訪れた誰もが一度は耳にしているに違いない。

どちらの主張を信じやすいか——客観的に考えれば、こういった意見が出ても仕方がないのかもしれない。

元より、異能者は一般には理解されない存在だった。

そもそも、代々の帝が天啓という異能の有無で受け継がれている存在だということからして、一般的な知識ではなく、国政にかかわる一部の人間だけが知る情報だ。

多くの帝国民は、皇太子の具体的な選定方法を知らず、帝は神の子孫であるから貴いのだと信じている。

加えて、維新以前の上流階級では、帝に従い、異形と戦う異能者を当然のように受け入れていた。けれど、神秘より科学が主流になった現代では、異能や異形を眉唾であると断ずる爵位持ちの者すら少なからずいるほど。

異形を見る者も、人が異形と遭遇してしまう機会も、昔より減ったという。

だから、異能者や異形といったものの内情に対する理解は、一般には皆無である。

それでも、だ。

異能心教の言ばかりを取り上げて広め、軍は何をしているのか、などと軽率に非難する姿勢は許容しがたい。

美世の抱いている暗い気持ちを察したのか、清霞は「そう腹を立てるな」と呟いた。

「世間の認識などそんなものだ。大昔から、異能者の存在をはっきり認知していたのは支配階級の人間と、そこに直接仕えている人間くらいだったからな。誤解されるなど今さらだ」

「でも、旦那さまがせっかく……」

本人に気にしてないふうを装われると、このやるせない気持ちのやり場に困ってしまう。

つい眉尻が下がり、重たい息がこぼれた。

すると、ふわりと清霞の手が励ますように美世の肩に置かれる。

「気にするな。——しかし問題はこれから先の世間の反応と、その対処をどうするかだな」

異能心教の活動は、ひとつひとつは小規模で短時間でも、人の集まる目立つ場所で何度も行われている。

そんな状況で連日このように報道されれば、話が広まるとともに世論は政府や軍を批判するほうへ傾くに違いない。

今回、槍玉（やりだま）に上がる清霞たち対異特務小隊への負担はいかほどか。

新年早々の悩ましい出来事に、美世はどれだけ清霞に励まされても憂鬱にならざるを得なかった。

「ああ、それよりも美世」

「はい？」

「そろそろ例の件の準備をしておいてくれ」

はて、何かあっただろうかと考えて、ある案件に思い至った。

「例の……って、本当に実現するのですか？」

「堯人さまが乗り気だからな。反対する者も多いが、あの方の意思ひとつあれば不可能ではない」

例の件。

異能心教から狙われると思しき美世と堯人、二人の身柄を一か所に置き、集中して守りを固めるという大胆な策だ。

美世が狙われているのはこれまでの出来事から自明だが、どうやら堯人の身も危ういらしい。というのも、異能心教が帝を拉致したのはその権威が目的なようで、すると、実権を持ち、帝と並ぶ影響力のある堯人が邪魔になる。

異能心教は近いうち、堯人を排除しにかかるだろう。

よって、前述の策が提案された。

具体的には、堯人を宮城から動かすのはあまり良いことではないため、美世と信頼できる人間だけを宮城内へ入れ、対異特務小隊を中心とした、異能心教に対抗しうる武力で守備を固める……という、堯人御自らの発案だった。

しかしながら、堯人の身を動かすのと同様に、外部の人間を宮城に大勢入れることもまた警備上、悪手であると言わざるを得ない。

結果、年末頃になってもまだ、政府および宮内省からの許可が下りず、「そういった案が実現するかもしれない」という可能性の話として美世も認識していたのだが。

どうやら、いよいよ現実味を帯びてきたらしい。

「では……」

「ああ。堯人さまの予定が落ち着かれる七日以降に、対異特務小隊の拠点も宮城内に移し警備を固めることになりそうだ」

　無意識のうちに、美世は口元へ手をやった。

　よくもあれほど突拍子のない——と言ったら不敬になるが——案を通したものだ。堯人もそうだが、かの方とともに行動した大海渡(おおかいと)の尽力も計り知れない。

　国の中枢であり、帝国中で最も貴き一族の住まいは、それほどまでに閉じられた場所であるし、閉じられているべき要となる地なのだ。

　ふ、と息を吐いた清霞は、静かに瞑目(めいもく)する。

「もちろんお前にも来てもらう。何泊か、そうだな、半月ほどは泊まれるように用意しておいてくれ」

「わかりました」

　美世が首肯で返せば、それから、と清霞は言葉を続ける。

「お前の付き添いとして、姉とゆり江(え)にもついてきてもらうことにした。話はこちらで通しておく」

「え……いいのですか？」

　予想外に良い知らせに、驚いてしまう。

今回、宮城で守られるべきは堯人と美世の二人。

本来なら、一般人である美世が堯人と同様に守られるだけでも恐れ多い。だというのに、美世ひとりで宮城に滞在するとなれば恐縮し通しで、食事も喉を通らないのではないかと不安だった。

おまけに宮城なので、付き添いと言ってもきっと軍の一部の関係者や宮内省の者があてがわれるのだろうと思っていたのだ。

けれど、葉月とゆり江がついて来てくれるならこんなに心強いことはない。

（お義姉さんは異能者だし、大海渡さまの元奥さまだからわかるけれど、ゆり江さんも許可してくださるなんて……）

心を尽くしてくれたのだろう、堯人や大海渡に胸の内で深く感謝した。

「面倒をかける」

すまなそうに眉尻を下げる清霞に、美世は首を横に振る。

「いいんです、旦那さま。……わたしにできることなら、何でもします」

こうなったのも、元はと言えば美世が甘水に狙われているのが原因だ。清霞に感謝しこそすれ、面倒をかけられたと怒ることはない。

むしろ、謝るべきは――。

「わたしこそ、ずっと、ご迷惑をおかけしてごめんなさい」

美世は畳に指をついて頭を下げた。

こうしたのは、いつぶりだろうか。

春にこの家へ越してきて、もう床に額づいて謝罪することはなくなった。昨年の今頃は、一日のうちに何度も、当たり前のようにやっていたのに。

「やめろ、美世」

清霞の慌てたような声音が少しおかしくて、微笑みながら顔を上げる。

この家で、彼の隣にいて、初めて人になれた気がした。褒められて、労ってもらえることを知って。それが、どれほど美世を人らしくしてくれただろう。

だから、清霞に謝られるべきことは何ひとつない。美世がどれだけ手を尽くしても返しきれないほどのものをもらっているから。

「旦那さま。ありがとうございます」

静かに告げた感謝の言葉は、美世の手を覆うように握られた清霞の手の温もりとともに受け入れられた。

やはり、今のままで十分だ。

この胸の内にある想いを名付けて、外に出す必要はきっと、ない。

美世はそっと温かな気持ちを心の奥に滲ませ、見えないよう隠した。

二章　宮城と落ち着かない日

まだ正月三が日も明けきらぬというのに、清霞はいつもの軍服を身に纏い、対異特務小隊の屯所に出勤していた。

正月の朝から出勤となり、婚約者の美世には申し訳ない気持ちになったが、彼女も彼女で思うところがあるのだろう。まったく迷惑そうな様子を見せず、弁当まで作ってついてきてくれた。

屯所内はやはり当直の者以外にも、多くの隊員が出勤している。

自分たちが関係する事案であろうと、新聞で報じられた件について、下っ端の一部署でしかない対異特務小隊にできることはない。

よって、多くの人員があってもさして具体的な任務を与えられるわけではないが、じっとしていられないのはおそらく皆、同じ気持ちなのだろうと想像がつく。

「隊長～、もうすぐ大海渡少将がいらっしゃいますよ」

先に出勤していた五道の確認に、軽くうなずく。

執務室は早くも、寄せられた苦情と問い合わせをまとめた書類で、散らかりつつある。

これらはほとんどが投書で、一応、ひと通りの報告を上げれば無視してもよいことになっているが、とんでもない量だ。

加えて、異能心教(いのうしんきょう)絡みの件以外にも普段の数倍の異形(いぎょう)関連の情報が寄せられ、すでに軍本部でも対応に追われている状況らしい。

けれど、やめろと言ってやめさせられるわけでもなし、広まってしまった話は引っ込められない。清霞たちには、その場その場で対応する以外にできることはない。

五道もうんざりした表情で、書類をぞんざいに机に投げ出した。

「……もう少し書類を整理したら行く」

「えー、俺も行っていいです？」

わずかに逡巡(しゅんじゅん)する。

ややこしい書類仕事から逃げ出したいという五道の魂胆はわかりきったことだが、副官であるこの男を連れていっても悪いことはない。

今後、清霞がずっと指示を出し、現場を指揮できるとは限らないのだ。

「わかった。では、ある程度の雑務は意味もなく出勤して暇しているやつらに回せ」

「はーい。やった」

清霞はため息をつき、席を立つ。

話しているうちに、そろそろ大海渡の訪れる時間が近づいてきた。二人はひとまず机上をそのままに屯所の玄関まで向かう。

いくらも経たぬ間に、大海渡が自動車で到着した。

「すまんな、清霞。こんな日に打ち合わせになど来させて」

「こちらこそ、ご足労いただき恐縮です」

「五道も、ご苦労」

「いえいえ、自分のことはお構いなく」

上層部の一員として、直に異能心教の告発や関連する報道への対処に駆り出されている大海渡は、正月返上で働き詰めなのだろう。その厳しい顔にも微かに疲労が滲んでいた。

「だが、清霞。君はせっかくの休日だったのだ。ゆっくり過ごしたかっただろう」

上司の言に清霞が無表情を装い「仕事ですから」と返せば、この頑固者め、と言いたげな視線は返ってきた。

あまりしつこく言われると、仕方ないことと自分に言い聞かせていたのに揺らぎそうになるのでやめてほしいのだが。

応接室へ足を運びつつ、清霞はほんの意趣返しのつもりでつぶやく。

「休日に働いているのは閣下も同じでしょう。普段なら多忙とはいえ、三が日の間はいくらか休まれていたと思いますが」

するると、大海渡は元から険しい顔をさらに少ししかめた。

「……そうだな。すまん」

「姉も心なしか寂しそうにしていましたので、また旭と顔を見せに行ってください」

昨日、すっかり日が暮れた後になってしまったが、帰宅前に久堂の本邸に寄り、姉の葉月と新年の挨拶を交わした。

年末にも私的なパーティーで会ったばかりではあったが、姉なりに元夫である大海渡が挨拶に来られないことを心配しているようで、息子の旭に会えないのも気がかりなようだった。

清霞が言うと大海渡もまた、姉が浮かべていたのと同じような、微かな憂いを帯びた表情をした。

「ああ。落ち着いたら顔を出そう」

綺麗に掃除された応接室に入り、二人が向かい合ってソファに腰かければ五道が茶を汲みに行くと告げ、来た道を戻っていく。

茶が用意されるのを待たず、清霞と大海渡はさっそく本題に入った。

「尭人(たかいひと)さまの計画が通ったのはもう伝わっているな？」

「はい」

七日以降すぐに宮城(きゅうじょう)へ移れるよう、各所で準備が開始されている。

(異能心教が狙っているのは、尭人の命と美世の身柄で間違いない)

これについては事情を知る者のほとんどで、見解が一致している。

まず、異能心教が真っ先に帝(みかど)を拐(かどわ)かしたのは、その権威を手にするためだ。

帝を奪い、傀儡(かいらい)とした上で、実権を握る次期帝の尭人を害せば誰にも邪魔されず、異能心教が帝の名の下に国を意のままに運営できる。

なぜなら、他に従うべき者がいない。貴き身分の人間は何人かいるが、その誰も天啓を持たず、帝位に就く資格をそもそも有さないのだ。

形式的な継承順位はあるものの、国を仕切る能力の有無、異能や見鬼(けんき)の才の有無、人望の有無——そういった要素で国の中枢が揉(も)めるのは明白だ。

腐っても鯛(たい)。帝が崩御する以外に代替わりを認める制度がない現状、たとえ天啓を失おうとも、帝が国家運営の指標なのは変わらない。

ゆえに帝を攫(さら)い、尭人を弑(しい)するのが異能心教の目標となる。

また美世の身柄に関しても、放っておくことはできない。彼女には夢見の力がある。

夢見は、眠っている人間の夢に入り込み、夢を操る力だ。人を夢の中で洗脳することも、夢に閉じ込めて目覚めさせないようにすることも、容易なようである。

もちろん、美世はそのような行為をしないだろうが、人質をとるなど、異能心教が力を使わざるをえない状況に彼女を陥れれば、関係ない。

(私情も、ないとは言えないが)

それを抜きにしても、美世の身を奪われるのが危険に繋がるのは変わりない。

宮城にあらゆるものを集結させるなど、背水の陣のようで清霞としてはあまり気が乗らない。だが、二人の身を同時に守るには、堯人の案が最も効率的だった。

「政府と宮内省の了承は得た。そちらは予定通りに進めてくれ」

不満が表情に出ないよう、清霞は神妙にうなずく。

「了解しました」

大海渡はおそらく清霞の不服な内心を察しているだろうに、何も指摘してこない。

会話が途切れると、見計らっていたのか五道が盆を抱えて入室する。

「お待たせしました〜」

二人分の茶器と茶請けがテーブルに置かれ、話題は次にさらりと移った。

「――それで、例の異能心教の活動と、新聞記事に関してだが」

どくり、と脈打つがごとき緊張が全身に走る。

異能心教の取り締まりは現状、後手に回っている。

見鬼の才を持たぬ者でも異形が見えるあの現象に関しても調査は遅々として進まず、ここまで好き放題に話が広まってしまったのは、異形関連の事件を任されている対異特務小隊の長たる清霞の失態であるとも言えた。

甘水(うすい)や彼に加担している宝上(ほうじょう)の行動をしっかり捕捉できていればこうはならなかったはずで、その機会を逃し続けているのは明らかな不手際である。

清霞に弁明の余地はない。

「そう緊張するな。ずいぶん変則的な事態であるし、別に君を咎(とが)めるつもりはない。異能や異形についての研究が異能心教に大きく後れをとっているのは、決して君のせいではないしな。堯人さまも仕方ないと仰(おっしゃ)っていた」

「ですが、もう少し上手(うま)いやりようもあったかと」

過ぎたことをあれこれ言っても生産的ではない。しかし、実際に何度も甘水にしてやられている清霞が開き直ってよいはずはなかった。

大海渡はそんな清霞の様子を見てわずかに口端を上げた。

「あまりらしくないことを言うな。君なら、悔やむより次にどうするかを考えるだろう？

私もそうしたほうがよいと思う」

「……恐れ入ります」

清霞が軽く頭を下げると、大海渡は息を吐いて顎を撫でた。

「しかし今回の件、そもそもおかしな話なのだ」

「おかしい、とは？」

「異形については、初めから情報統制が行われているはずだ」

異形や異能に関する話題は常に政府の管理下にある。

たまに規制の網から漏れた情報が世に出てしまうこともあるが、だいたいは明らかに眉唾であると笑い飛ばせる程度の小さな規模に留まる。

大きく騒ぎ立てれば、その会社や記者は必ず政府に目を付けられてしまうからだ。

ゆえに、いくら異能心教が騒ぎ立てようと、異形や異能の情報を新聞社がこぞって大きくまことしやかに報じるなど通常はありえない。

「どこでどう規制が緩んだのか……。すでに新聞社に圧力をかけ、訂正記事を出す用意もさせているが、大した効果は見込めんだろうな」

訂正したところで、逆に「軍は、真実を報じられたために都合が悪くなって新聞社に圧力をかけたのだろう」と記事の信憑性を高めて終わるのが関の山だ。

異能心教の告発に関する記事を載せたのが一社や二社でなく、しかも何度も報じられていることで民衆が記事の内容を受け入れるには十分すぎた。訂正など今さらだ。

「世論を覆すには、他の功績を立ててそちらを大きく報じる以外にないでしょうね」

「その通りだ。ただ、それもすぐにはどうにもできん」

軍の大きな手柄を生み出すとしたら、戦争でも起こさなくてはならなくなる。

つまり、この場合の最適解は——。

「異形関連の報道をしないよう徹底させて、おのずと騒ぎが鎮まるまで待つ、というわけですね」

清霞の脇に控えた五道が、挙手をしながら口を挟んだ。

そうなる、と答えた大海渡の表情は暗い。

(だが、それは上手くいかない)

なぜなら、こんな事態を招くほど規制が緩んだことなど今までに一度もない。ということは、今回こうなったのには手引きした者がいる。

しかも、政府に近しい、国家運営を担う位置にだ。

そしてその何者かには必ず目的がある。政府を、軍を、対異特務小隊を貶(おとし)めたい目的が。

異形に関する人々の記憶が風化するまで、その何者かが大人しく待っていてくれるわけがない。

　さらに今後、異能心教の告発や彼らの活動が広まり続ければ、国中で異能者の存在がまことしやかに語られるようになるのも時間の問題だ。

『祖師は、まったく新しい世界を作ろうとなさっている。そう、すべての人間が異能を持てる可能性を得る世界を』

　高らかに叫ぶ宝上家の男の声が脳裏によみがえる。

　想像するのは簡単だった。

　すべての人間が異能を持てる世界を作るには、まずすべての人間が異能の存在を知らねばならないのだろうと。

（権力を握り、異能や異形の存在を国中に知らしめ、人工異能者を増やす。すると……）

　今までの甘水の行動から、自然とその目的が導かれる。

　最初に、帝の権威を使い、現在の国の仕組みは撤廃されるだろう。

　異能心教は、異能者優遇を掲げている。

　新たな国の運営には、一般人よりも身体的、能力的に優れた異能者たちが携わり、一方で異能を持たぬ者でも望めば人工異能者として成り上がれる。

　そして、頂点に立つのが薄刃家だ。

薄刃家の異能者は、人心を操る。つまり、異能者を含めたあらゆる人間に優位である。異能を持たない一般人を異能者が支配し、その異能者をさらに薄刃家が支配する。そんな体制を異能心教は目指していると推測できる。

(これまでの甘水の行動もその布石)

帝を攫い、政府内部に勢力を伸ばしているのも。異能者や異形の存在を広めるのも。

現行の国をいったん真っ新に崩し、異能者、さらに薄刃の異能者優位の新たな体制を築くための地固め、といったところか。

そして彼らが目的を果たせば、帝すら用済みとなり、抹殺されるのだろう。

これではもはや、異能者の在り方、帝の在り方さえも、甘水の掌の上で玩具扱いされているに等しい。

自分たちが進んでいる道は本当に正しいのか。清霞は疑心を拭えない。

「――清霞」

「はい」

「心の準備をしておけよ」

大海渡が固い表情で告げた言葉は重い。何の、とは訊けない。聞かずともわかる。

軍人が準備しておかなければならないことなど、ただひとつ。

自然と握った拳に力が入る。ちらと五道の様子をうかがえば、こちらも微かに顔を強張らせていた。

「内乱に、なるんですか？　……っと、すみません」

思わず口を出してしまったらしい五道が慌てて謝罪するも、大海渡は軽く手を挙げてそれを制す。

「いや、いい。……まだはっきりと予兆があるわけではないようだ。だが、どうも堯人さまは、何か大きな政変のようなものが起こると予感されているように感じる」

清霞の推測が正しいなら、間違いなく政変は起こる。

異能心教が、甘水が、国を覆すための……すべてを廃し、乗っ取るための政変だ。

ひとたびそれが勃発すれば、たとえ、甘水の企みが成功しなかったとしても、政府も軍も無事では済むまい。当然、対異特務小隊も。

清霞は無意識に眉間を揉んでいた。

(私は、私のやるべきことは――)

軍人として、皇家に仕える異能者として、果たすべき役目は変わらない。

けれど、それよりも何よりも、いの一番に婚約者の顔が浮かぶから、彼女の身が守られればそれで良いかもしれないと思ってしまうから。

もう自分は、軍人も異能者も失格かもしれない。

柔らかな微風が、淡く爽やかな緑の香りをともなって頬を撫でる。

気づくと、美世は夢うつつに微睡むような曖昧にぼやけた風景の中に立っていた。

(ここは、薄刃家かしら)

さわさわと葉擦れの音だけが聞こえる。風光明媚な古めかしい庭は、見覚えがある気がした。

美世の実の母親である澄美が斎森家に嫁ぐまで住んでいた家。現在は建て替えられて違う外観になっているが、美世の祖父である義浪と従兄の新が守っている家だ。

いつかの過去であろう昔の薄刃家は、美世の知る今の薄刃家とは、見た目だけでなくどことなく雰囲気が異なって感じられる。

(これは夢ね。……そうだわ。以前も、薄刃家の夢を見た)

久堂家の別邸から帝都に戻った駅で初めて甘水と対面したあとに、一度、同じ場所にきたことがある。

澄美と甘水直が仲睦まじく話していた。では、今回はいったい何なのだろう。

夢の中のぼんやりとした意識のまま、自身の輪郭があやふやな両手を見下ろし、美世は考える。

そもそも、どうしてこうして過去の薄刃家へと夢で遡ってしまうのかわからない。

夢見の力は、完全ではないがかなり制御できている。少なくとも、勝手に異能を発動してしまわないくらいには。

であれば、美世が無意識のうちに力を使っていることになるが、そんなことがありえるのだろうか。

『この家は、このままでいいのかしらね』

浮かんだ疑問は、少女の声に遮られる。

聞こえてきたのはやはり、現実では記憶にない、けれど夢の中では何度か聞いて覚えてしまった母の声だった。

これは、以前の夢から何年後のことだろうか。

前に甘水と話していたときのような天真爛漫さはやや鳴りを潜め、物憂い声音だ。

『澄美ちゃん、心配しないで。ぼくがなんとか、きっとなんとかしてみせるから。薄刃も甘水も好きじゃないけど、でも君のためなら』

次いで、風に乗って美世の耳に届いたのは、甘水の囁き。

少し歩を進めてみれば、二人の姿は庭の木陰にあった。

うつむきがちに木の根元に座り込む澄美。甘水は励ますように彼女の前にしゃがみこんでその手をとっている。

『ありがとう、直くん。でもね、きっとどうにもならないわ。うちに圧力をかけているのは、もしかしたらとても……うちでもとても手を出せないような、高貴な相手かもしれないんだもの』

澄美の言葉から、ここが、薄刃家が落ちぶれ始めた頃の過去であると悟った。

このあと何が起こるのか、義浪から聞いて美世はすでに知っている。澄美の憂いは現実のものとして薄刃家を襲うのだ。

何しろ、彼女の言う高貴な相手とは、今上帝なのだから。

苦しげな澄美を、甘水はなおも奮い立たせようとしているのか。彼の瞳に刹那、鋭く、冷たい光が瞬いた気がした。

『澄美ちゃん。澄美ちゃんはそんなことを気にしなくていいんだよ。君を困らせるものも、苦しませるものも、悲しませるものも全部、全部ぼくが壊してあげる』

『……乱暴はいけないって言ったでしょう』

『乱暴だって、悪いことばかりではないのさ。嫌なものは壊して、壊して、壊しつくして、そうしたら優しいもの、好きなものだけ集めて新しく作り直せばいい。君が、ぼくが、作り直せばそれはみんな君のものになる。君のための、君に優しいものになるよ』

ぞくり、と怖気（おぞけ）が背筋を伝う。

けれどそう感じたのは傍観者の美世ばかりのようで、当事者の澄美は呆（あき）れたように弱弱しく微笑（ほほえ）むだけだった。

『もう、そんなことできるわけがないでしょう？　子どもみたいな冗談はよして、ね。あなたの気持ちはよぅくわかったから』

違う。甘水が口にしたのは冗談などではない。

たぶん、あれは本心だ。彼はのちに異能心教を作り、今この時も何か、大きなことを成し遂げようとしている。

つい一歩、美世は知らぬ間に後退していた。その拍子に、後ろに下げた片足が砂利を擦り、ざり、と微かな音を立てる。

「あ……」

動揺し、一音が唇からこぼれた。

ここは美世の夢の世界なのだから気づかれるはずもないのに、盗み見がばれるのではないかと一瞬思ってしまったのだ。

咄嗟（とっさ）に両手で口を覆ったけれど、本来はその必要もない。必要ない、はずだった。

（えっ）

甘水はなぜか、ゆっくりと首を巡らす。

迷いのない動作のその先は、まさしく美世の立っているこの場所だった。

（どうして……）

青年の異常な光を孕（はら）んだ瞳がこちらに向けられる。

心臓が止まりそうなほどに驚き、緊張し——蛇に睨（にら）まれた蛙（かえる）のごとく身体（からだ）が動かなくなって、そして、美世の意識は途切れた。


宮城（きゅうじょう）に赴く日の朝は、空の青く澄みきった冬晴れだった。

美世と清霞は揃（そろ）って早朝から手早く朝食と身支度を済ませ、しばらく家を留守にしてもいいようにしっかり戸締りをする。

忙しく動いていると、昨晩見た夢のことをじっくり吟味している暇もない。

（また後で……いいわよね）

夢で見た、若き甘水の目。

確かに美世のほうを向いた気がしたけれど、所詮は夢の中の出来事だ。考えすぎかもしれないし、今のところ急を要する出来事でもない。

余計な思考を追い払うように、美世はあらかじめまとめてあった連泊に必要な荷物の中身をあらためた。

確認し終わった荷物から順に玄関に運び出し、清霞が自動車の空いた場所へ積み込む。

積み込みが終わると、あとは美世と清霞の二人乗るのがやっとなほど車内は満杯になっていた。

「……先にいくらか荷物を送っておいてよかったな」

さっそく運転席に乗り込み、ハンドルを握った清霞がちらりと背後に視線をやって呟く。

美世も少し笑ってうなずいた。

「そうですね。そういえば、お義姉さんとゆり江さんとは現地集合なのですよね？」

「ああ。宮城で合流するように言っておいた」

雪が解け、わずかに湿りを含んだ道を、自動車がゆっくり発進する。

これから向かう宮城には、すでに対異特務小隊の簡易的な支部が設営されているらしい。

清霞たち、対異特務小隊の構成員は交代で帰宅する機会を設けつつ、そこで野営のような形になる。

一方、美世とその付き添いである葉月、ゆり江の三人は、宮城の堯人の宮と渡り廊下で繋がった別棟を空けてもらい、そこに滞在することになっている。

もとは祭事のときなどにちょっとした会場や控室のようにして使われている建物らしく、宿泊には向かないようだが、この際そんなことに不満を言っている場合ではない。

対異特務小隊の異能者たちは術師としてその力を駆使し、結界を張って、堯人の宮と美世たちの滞在する建物を守るというわけである。

やはり帝国で最も高貴な一族の住まう宮城に滞在し、あまつさえ次期帝の堯人と同じように守護してもらうなど、恐れ多くて身が竦みそうだ。

身を固くし、呼吸の仕方まで忘れそうになった美世が息を吐くと、隣の清霞が「大丈夫だ」と慰める。

「堯人さまが最大限に便宜を図ってくださると仰っている。堯人さまご自身もそれほど堅苦しくないお方だ。どこかの宿に泊まると考えればいい」

「……宿だなんて、そんな」

どこかの旅館に泊まるのであれば、美世もここまで緊張しない。堯人の住まいを宿と考えるなど、とても無理な話だ。

幼い頃から堯人と交流があり、互いに慣れている清霞ならまだしも。

（そもそもわたしは、堯人さまに近づけるような立場ではないし）

実家こそ、異能者の一族であるとはいえ、斎森家はもう強い異能者が生まれずお役目も果たせなくなっていた。しかも、現在でこそましにはなったが、美世は元がろくな教育を受けていない無作法な人間である。

上流階級の家にそんな娘がいたら普通は家の恥になるので外へは出されないし、せいぜいどこか訳ありの家に嫁がされ、厄介払いされるか、死ぬまで隠されて飼い殺されて終わりだろう。

例に漏れず、美世も冷酷無慈悲と噂(うわさ)される清霞の許(もと)へ異母妹の代わりに嫁がされた身。清霞が優しい人だったから今は幸せでいられるけれど、そうでなかったら一生を苦しんで過ごしていたはずだ。

そんな境遇だった美世が、堯人に一度会って言葉を交わしたばかりか、その住まいを訪ねて滞在させてもらうなどあまりに突拍子もない。

「自信を持て。今のお前はもう久堂家当主の婚約者だ。宮城くらいなんてことない顔で闊(かっ)歩(ぽ)すればいい」

思いがけない言葉に驚いて目を瞠(みは)る。

清霞は異能者としてずっと生きてきた人だ。異能者は天啓の異能を持つ帝や皇太子に忠誠を誓う。

彼の口から「宮城なんて」という言い回しが出てくるとは、意外がすぎる。

けれど、そこまで言ってでも清霞が美世を元気づけようとしてくれているのを理解して、笑う場面でないのに口元が綻んだ。

「ありがとうございます。わたし、頑張ります。頑張って、自信を持ちますね」

「ああ、いや。自信は頑張って身につけるようなものではないと思うが。姉がいるのだから、困ったときは姉と同じように、姉の言う通りにしていれば間違いない。……おそらくな」

「はい。お義姉さんを見習います」

「だがまあ、ほどほどにしておいてくれ……」

話しているうちに、自動車は美世のあまりよく知らない道へ差しかかった。

普段は滅多に近づかない場所。いよいよ宮城が近いのだ。

宮城の周りの風景は、同じ帝都の中でも他とは少し雰囲気が違う。

繁華街と比べると通行人もぐっと減り、建物は和洋が混在する雑多な印象が薄くなる。

よく見てみれば、大きな会社の社屋なども多く、歩いているのはスーツ姿の勤め人などで落ち着いた空気が漂う。

宮城と外界を隔てる荘厳な門の前には、門衛のほかに何人か軍服の人影も見て取れた。

対異特務小隊の屯所で見かけたような覚えがある顔の彼らは、自動車の運転席に清霞の姿を見つけると慌てて直立し、敬礼する。

清霞は自動車をその近くで停車させた。

「ご苦労」

「隊長、お疲れさまです！」

「この車はしばらく近くに停めておいて構わないな」

「はい！　問題ありません」

代表して答えた隊員にうなずきを返した清霞は、再び自動車を発進させ、宮城を囲む塀に沿うようにして門のすぐそばにまた停車させた。

「ここから門を二つ潜るまで歩く。いいな」

問われて、美世はもちろんと首を縦に振る。

しかし荷物は多く、美世の荷物だけでも鞄三つ分ある。とても一度で運べる量ではない。と思っていたら、二人ほど隊員がやってきて荷運びをすると申し出てくれた。

念動力などの異能を使えば容易に済むことだが、異能者は一般人の目があるところで異能を極力使わないのが暗黙の了解である。無論、緊急時や異形退治などでやむを得ないときは除く。

美世は貴重品の入った手荷物だけを持ち、堂々と宮城の門を潜る清霞のあとについて進む。

一番外側の門から宮城の敷地内に入れば、まずは大きな橋を渡ることになる。

これは宮城の外周をぐるりと囲む深く広い濠を渡るためのもので、自動車二台が余裕ですれ違えるほどの幅と、歩数にして実に百二十歩ほどは要する長さがある。

少しだけ前方から視線を外し橋の下の濠を覗いてみると、水は緑色に濁っていて水中までは見えなかった。

橋を渡り終えると再び門が見えてきた。先ほど潜ったのは外門で、今度は内門であるが、この門の向こう側もさらに幾重にも濠や池などの水と塀とで細かく敷地が仕切られ、外敵の侵入に対して備えられているという。

二つ目の門を潜った先には整然とした通路と数々の庭があった。

今は冬なので庭を楽しむ時期でもないが、美しく木花が植えられた庭は、春や夏などに訪れればたいそう彩り豊かであろう。

そこに一台の馬車が停まっていた。

まさかあれに乗るのだろうか。

美世が驚いていると、ちょうど清霞が簡単な説明を口にした。

「宮城の敷地内を移動するための専用の馬車だ。客人用だが、堯人さまが用意してくださった」

「す、すごいですね……」

今の時代、馬を使った陸上の移動手段は徐々に廃れ、もっぱら自転車や自動車、列車が使われる。

外出も制限された生活を最近まで送っていた美世は、本物の馬を見るのも初めてだった。

「あれに乗って堯人さまの宮まで行く」

真っ直ぐ馬車に近づいていく清霞に従い、美世も馬車に寄っていく。

馬車を引く馬は帝国原産の種ではなく、西洋から渡ってきた、身体が大きく力の強い種らしい。美世など簡単に吹き飛ばされてしまいそうな迫力に気圧されそうだ。

馬車の車体のほうは箱型ではない。剝き出しの座席に最低限の屋根がついた、人力車に似た形のもの。けれど、さすが宮城のものというべきか、安っぽさはなく座席に張られた布の素材ひとつとっても、最高級であることがわかる。

美世が先に清霞の手を借りてやや高い位置にある座席へ上り、あとから清霞が自力で乗り込む。

二人がしっかり座ったのを見届けた御者が手綱をとり、いよいよ馬車が進みだした。

車輪の回るからからという音と、馬の蹄(ひづめ)が鳴る音を聞きながら辺りを見渡せば、小さな濠を隔てた先には、おそらく宮城(きゅうじょう)にかかわる施設なのだろう。いくつか庁舎のような建物があり、今は忙しそうに人が行き来していた。

遠くのほうには、庭とは別に、森のように木々の茂った場所も見える。

そして何より、中央に建つ一際大きな宮。あれが帝の住まいだろうか。美世にはこの宮城の敷地全体が、小さな街か国のようにも思えた。

馬車は整備された小道を走り、いくつか橋を渡って池や濠を越え、中央の大きな宮を過ぎた先の建物の前で停車する。

堯人の、皇太子のための宮だ。

帝の宮よりもひと回り小さいけれど、それでも立派で広そうだ。

美世と清霞が馬車を降りると、すぐさま見知った顔が多く近づいてくる。

「あ、美世ちゃん！」

「お義姉さん」

真っ先に来たのは、清霞の姉の葉月。

このところ美世が対異特務小隊の屯所で過ごすことが多く、彼女との淑女の習い事の時間は減っていた。けれど、年末、正月と顔を合わせる機会が増えて、美世としてはうれしい限りだ。

清霞は相変わらず、笑顔も見せずに姉を見遣る。

「姉さん……」

「あら、なあに？　隊員の皆さんはもう働いているわよ。あなたも早く行ったらどう？」

「言われずともそうする」

姉に世話を焼かれ、清霞はむすりと不機嫌そうに眉根を寄せる。

やや緊張感漂う空気になったところで、葉月の後ろからひょっこりと顔を出したのはゆり江だった。

「坊ちゃん、葉月さま。このようなところで喧嘩をなさるのはいかがなものかと、ゆり江は思いますよ」

会えば言い合いをする姉弟は、もっともな指摘に慌てて物騒な気配を仕舞い込んだ。

美世は場が落ち着きを取り戻したのを見計らい、軽い会釈とともに挨拶をする。

「おはようございます。お義姉さんも、ゆり江さんも」

「美世さま。おはようございます」

「おはよう、美世ちゃん」

「あの、しばらくお世話になります」

二人は美世の付き添いとしてここに来ている。

一応、半月とは言われているものの、どのくらいの期間になるかわからない中、わざわざ宮城での生活に付き合ってもらうのだ。感謝しなければならない。

けれど、葉月とゆり江は、特に気にした様子もなく朗らかに笑う。

「美世ちゃんは何も気にしなくていいのよ。美世ちゃんが悪いことをしたわけでもなく、状況的に仕方ないのだもの。家族として、協力させてちょうだい」

「その通りですよ、美世さま。ゆり江もお城は初めてで緊張しますけれど、美世さまがちゃんと安心して暮らせるようにしますからね」

葉月が頼もしいのは普段通りだし、この誰もが気後れしてしまいそうな場所でも堂々としているのはさすが清霞の姉である。美世には真似(まね)できないので感心してしまう。

けれど、ゆり江も初めてで緊張しているというわりには、その穏やかな表情はいつもと変わらない。

それを指摘すれば、

「まあ、美世さま。ゆり江はこんなにも年を食った婆(ばば)なのですから、ちょっとやそっとでは動揺しませんよ」

と返された。本当に、二人が付き添いなのは頼もしいかぎりだ。

「ありがとうございます。よろしくお願いします……」

少しすると、清霞と美世の荷物運びを請け負ってくれていた隊員が現れ、受け取った荷物を、今度は堯人の宮の宮人たちに任せる。

ひと通り挨拶が済んだところで、美世たちはあらためてこれからの過ごし方について打ち合わせることになった。

打ち合わせといっても堅苦しい会議のようなものではなく、ちょっとした話し合い程度のものになる。参加するのは、清霞と美世、葉月、そして新だ。

場所を移そうという、ちょうどよすぎる合間に姿を見せた新に、清霞が胡乱（うろん）な目を向ける。

「薄刃新。今までどこにいた」

「ははは。久堂少佐、細かいことを気にしていると禿（は）げますよ」

美世は従兄の様子をまじまじと見てしまう。

淡色のベストに黒いスーツを纏（まと）い、きっちりとネクタイを締め、コートを羽織った痩身はいつにもまして品が良（い）い。

加えて、相変わらずの人当たり柔らかな微笑は、一点の隙もない好青年ぶりだ。

新とは、葉月と同じで年末のパーティーでも会い、正月にも薄刃家に挨拶に行って会った。どちらでも、彼はいつも通り、本当に何ひとつ以前と変わらないままだった。

本来であれば、喜ぶべきところだろう。帝をみすみす掻っ攫われてしまった失態を、必要以上に気にしすぎていないということなのだから。

けれど、どうしても新の表情を見ていると胸騒ぎがしてしまう。

（わたしの、思い込みならいいのだけれど……）

彼は、使命感に殉ずる人だ。また、薄刃は独自の掟の中で生きているとはいえ、異能者。帝は従うべき、守るべき主君で、新にとっても同じはず。そんな彼に、空元気のような危うさを感じるのは、美世だけなのだろうか。

（いいえ、余計なことを考えるのはやめたほうがいいわ。わたしが気づいていることなんて、もっといろいろな事情をご存じの旦那さまなら、すぐ推測できるに違いないもの）

美世は自分のことに集中しなければならない。あれもこれも、気を遣えるほど器用でないのは自覚している。

「美世」

「は、はい」

つい深入りしそうになる思考を振り払うと、その原因たる新が人好きのする笑みを浮かべながら、声をかけてきた。

「俺が美世の身辺警護をすることになったんです」

「はい。聞いています。お願いします」

答えると、新はにっこりと笑みを深める。

「美世と一緒に過ごせてうれしいです。異能についての勉強もここで続けていきますから、覚悟してください」

美世が異能に目覚めてから、新を講師とした異能を学ぶ講義はずっと続いている。ここしばらく、対異特務小隊の屯所で過ごしている時間も多く滞っていたが、堯人の宮に滞在する間は再開できそうだ。

美世は自然と姿勢を正してうなずいた。

「はい。よろしくお願いします」

しかしあれだけ難色を示していた、新を美世の護衛として雇うという案を許可したというのは、清霞の大変な本気度の高さがうかがえる。

そしてそれだけ、異能心教が、甘水直が手強(てごわ)い相手であるという証左でもあろう。

『嫌なものは壊して、壊して、壊しつくして——』

彼の言う、嫌なものとは何か。

美世のことは、迎えに来たと言っていた。ならば壊す……殺すつもりはないのだろう。だったら、他は？　美世の大切な、失いたくないもの、人。それらはどうなってしまうのか。

おそろしくて、想像できない。

「美世、どうかしましたか？」

従兄の目が、こちらを覗き込む。

新は、薄刃家の人間だ。薄刃は甘水の本家筋で受け継ぐ異能も同系統の、精神に作用する特殊なもの。

だったら、と美世は疑問に思っていたことを囁（ささや）くように訊（たず）ねた。

「新さんがわたしを守ってくださるのは、わたしがあの方に狙われているからですよね」

「甘水直ですね。俺としてはいつでも美世の護衛をしたいんですが、今はそうなりますか」

「あの方の異能は、強力です。……何か、対抗手段をご存じなのですか」

対抗手段があっても、なくても、たぶん美世がすべきことも清霞の判断も、新の役目も変わらないだろう。けれど、訊（き）かずにはいられない。

あれほどおそろしい、すべてを壊すと豪語する存在に、抵抗するすべが何もないとは考えたくない。

「俺も、いろいろと考えてはいます」

「……有効な手段はありそうですか？」

「どうでしょう。ただ、不確定なことはあまり言いたくないので、今は何も答えられませんが」

確かに、仮に手段が存在したとしても、こんな外で、皆の耳目のある場所で話すことではないだろう。

美世は己の浅慮を省みて、うなだれた。

「さ、打ち合わせに行きますよ。すべてはそこからです」

新に促され、堯人の宮の敷居（しきい）をまたぐ。

部外者のように知らん顔ではいられない。気ばかり急（せ）いてしまう。薫子（かおるこ）の件では口を出しすぎてしまって反省したけれど、甘水直に関しては紛れもなく美世は当事者なのだ。できることなど、何もないのかもしれない。異能すらまともに使いこなせない美世の力では。

けれど、指をくわえてただ守られているだけではいけないのではないか。

（それとも、わたしは何もしないほうがいい？）

甘水と対峙した際は、何かを考える前に皆の前に飛び出していた。

しかしあれは、運良く事が運んだに過ぎない。美世が殺されることはなかったかもしれないが、あの場にいた全員の命は奪われていたかもしれないし、清霞の到着が間に合わなければ美世は甘水に連れ去られていただろう。

大した力を持たない自分は、いったいどうしたら。

迷いを抱えたまま、美世は打ち合わせのために用意された座敷に入り、座布団の上に腰を下ろした。

「さして重要な話題というわけでもないが」

前置きした清霞は、ひとつひとつ、確認事項を述べる。

美世がこの堯人の宮で気をつけなければならないのは、第一に、宮の敷地内から勝手に出ないこと。許可の有無は別として、行けるのは堯人の居住する建物と、美世たちの滞在するひと続きの別棟、この間のみだ。つまり、その二つの建物に集中して結界が張られる。

第二に、たとえ見知った人物であっても事前に連絡のなかった者を招き入れないこと。

これは当然、甘水の罠を警戒している。

そして第三に、もし堯人から何か指示があれば従うこと。

「堯人さまのご指示……があるのですか？」

美世はあまりぴんとこず、清霞に問う。

今回のことは軍——特に大海渡以下、対異特務小隊が中心になり進められている。普段から帝や皇家を警護している宮内省にも専門の技術、知識はあるだろうが、相手は異能心教だ。

祖師を名乗る甘水直や、宝上家の者など異能者もおり、さらには人工的に異能者を生み出す技術まで持つ組織相手に、普通の人間に対するような警護では効果がない。

ゆえに、発起人は堯人ではあるものの、非戦闘員の彼は警備体制については軍に一任していると聞いた。

「ああ。特にお前と、何か話したいような旨を仰っていた」

「わ、わたしと、ですか」

「そうだ」

「いったい何のお話でしょうか……？」

さあな、と答えた清霞も何やら微妙な面持ちだ。

堯人と共通の話題があるとも思えないし、正直、話が合うとも思えない。美世と堯人は人としての性質も、境遇も、おそらくその思想も……何もかも違う。

「まあ、堯人さまに何か頼まれたりするようであれば、従ってくれ」

「は、はい。頑張ります」

意気込んで返事をすると、葉月がくすり、と笑い声を漏らす。

「そんなに気張らなくても平気よ。おかしなことを言われるようなら、私も協力するもの。任せて、ついでに文句のひとつでも――」

「姉さん！　いくらなんでも……堯人さまにまで説教するつもりではないだろうな？」

「あら。あの方にだって弱点はあるのよ。小さな頃のこととか」

「すぐに他人の弱みをつつこうとするのはやめろ」

眉間に深い皺を作る清霞をよそに、葉月は何やら機嫌よく微笑んでいる。

（お、お義姉さんが堯人さまにお説教を始めたら、絶対に止めなきゃ）

ましてや、弱みにつけ込んで次期帝たる堯人を屈服させる、などという事態は絶対に、絶対に回避しなくては。帝国の威信にかかわる。

美世はどきどきと今までとは別種の緊張感を感じつつ、心に誓った。

「それで、久堂少佐。俺に対しても、何か約束事がありますよね」

軽く挙手をして発言したのは新だ。

美世の身辺警護は新が務めるが、彼は軍人ではなく、腕っぷしは強くとも護衛に関する知識なども清霞たちほどはない。

「ああ。薄刃、お前も外界との接触は制限させてもらう。まあ、日がな一日美世についていてもらう以上、あまり出歩く機会もないだろうが」

「そうですね。……もし、甘水と相対することになったときの対処はどうしますか」

はっとして、美世は新の顔を見た。

その想定はしておかなければならないのだろうか。これだけ守りを固めても、それでも甘水がここまで入り込む可能性があるのか。

（いいえ、あって当然だわ）

甘水の異能は、人の五感を操作する。どんなに見張りの人間を並べようと、彼らの視覚や聴覚が異能で誤魔化されてしまえばまったくの笊（ざる）である。

特定の人間を弾（はじ）くよう結界に条件をつけ、甘水が内部に立ち入れないようにしても、絶対とは言い切れないのかもしれない。

清霞もにわかに険のある表情を浮かべた。

「やはり、必要か」

「当たり前です。甘水直に不可能がないとは言いません。あれが全能であれば今頃とっくに帝国は支配され、あれにとって不要なものは徹底的に排除されているはずですが、そうなっていない。あの異能にはやはり制約があるのでしょう」

新はひと呼吸おき、真っ直ぐに清霞を見る。

「ですが、だからといって、守りを掻い潜りここまで侵入を許す可能性もまた皆無とは言えません」

「……そうだな。全面的に同意する。では、もし万が一、この宮の中でお前と美世の前に甘水直が現れたら、美世を守れ。その上で余力があったならば、そのときは」

殺せ、とは清霞は口にしなかった。だが、この場の全員がそれを察する。

「捕らえる必要はないと？」

「では逆に訊くが、あれを捕らえておけるのか？」

清霞と新、二人の鋭い視線が交わり、ぶつかり、火花を散らしたように見えた。

緊迫した空気にごくり、と喉を鳴らしたのは葉月か、それとも美世自身か。区別もつかないほど、二人の放つ迫力に呑まれそうになる。

瞬きもせず視線だけで互いの意思をぶつけ合った二人だったが、先に軽く瞑目し、緊迫感を途切れさせたのは新だった。

「無理ですね。悠長に捕らえておくなど、できるわけがありません」

「だろうな。だが、強引に殺しにかかる必要もない。絶対に無理はするな」

「わかりました。肝に銘じます」

それから二、三の連絡事項を確認し、解散となった。


これからこの宮での生活に向けて、荷ほどきなどの準備をするだけの美世や葉月、新と違い、清霞は多忙だ。

軍の、とりわけ対異特務小隊の仕事は清霞がいなければ始まらない。

無理なこととは理解しつつも、せめて、根を詰めすぎないでほしいと願いながら、美世は宮の外に構えられる陣営へと向かう婚約者の姿を見送った。

「さ、小うるさい清霞もいなくなったことだから、私たちはさっさと荷ほどきを終わらせて、羽を伸ばしましょう」

葉月は生き生きと輝くような笑みを浮かべる。

「さすがですね。この状況でも羽を伸ばせるとは」

新が単純に感心しているのか、皮肉なのかわからない台詞(せりふ)を口にするが、美世も同意だった。もちろん、感心の意味で。

美世は気後れして、緊張すれど、羽を伸ばすなどできそうにない。

なぜなら、わずかに周囲を見渡すだけで建物の荘厳さに圧倒されてしまうのだ。

古風な木造平屋で、わかりやすい派手さはない。

しかし例えば、長く続く廊下の床や天井に使われている一枚板。かなりの長さの木材を短く切らずにそのまま輸送し、用いているもので、その手間にかかる費用は計り知れない。

他にも、欄間に花や木、鳥獣などの緻密な意匠の彫刻が施されている、鴨居や柱には疵ひとつなく、畳にも少しの褪せやすり減りさえ見られず……挙げればきりがない。

そのくらい、建設にも管理維持にも手間と費用がかかっているのがわかる。

宮人の質の良さも含め、一般的な庶民の家とはもちろん、一般的な分限者の屋敷とも空気からして異なる。

「私は慣れているもの。父がまだ現役で今上陛下にお仕えしていたときには、私も清霞もよく宮城を出入りして、堯人さまとも会っていたの」

「そうなのですね」

さすがは久堂家。異能者の一族筆頭は伊達ではない。それだけ、帝に拝謁する機会も多かったということだ。

けれど、そうして先代久堂家当主、久堂正清が仕えていた頃の帝が、裏で薄刃家を落ちぶれさせ、大勢の人間を苦しめたのだと考えてしまうと一気に気持ちが落ち込む。

美世以上に思うところがあるであろう、従兄の表情をうかがえば、笑みは浮かべているものの、どこか冷たさを含んでいた。

葉月も、美世と新の微妙な反応に察したのか、顔を曇らせる。

「ごめんなさい。あなたたちには、今上陛下の話は嫌だったわよね。迂闊(うかつ)だったわ」

「そんな……」

別に、葉月が悪いわけではない。えてして、何気なく発された何気ない言葉は、誰かの触れられたくない部分に触れてしまう。

美世は首を横に振った。

「いいんです。わたしたちが今いるのは、宮城なのですから。いちいち気にしてもいられません」

新もうなずいて同意を示す。

「美世の言う通りです。それに、こうして毎度立ち止まっていたら話が進まない。甘水の行動原理に我が家の過去がかかわっているのは明らか。そして、今上帝は禍根そのものです。いつまでも複雑そうな顔をして目を逸(そ)らしているわけにはいかないので」

「だとしても、配慮が足りなかったわ。ごめんなさい」

肩を落とす葉月に、胸が痛くなった。

けれど、薄刃家や甘水のことを思えば内心は暗くなりがちだとはいえ、葉月や清霞、正清――久堂家の人々の過去の話に興味はある。

「お義姉さん。気にせず、また昔のお話を聞かせてください。わたし、聞きたいです」

「……本当？」

「はい」

意識して口角を上げ、微笑むと、葉月はほっとしたように息を吐いた。

「ありがとう。だったら、今度はとっておきを教えるわね」

「とっておき？」

「ええ。清霞の幼少期のあれやこれ、よ」

確かに、それはとっておきに違いない。とても、とても、興味を惹かれる。

婚約者のことなら、なんでも知りたくなってしまうのだ。きっと、これは普通の感情。

特別な事象では、きっとない。

（わたしは、これからも旦那さまを支えていく。支えられる妻になる。それだけでいいの）

他は、必要ない。ゆえに、美世は思考を中断する。

蓋を押し上げて溢れ出しそうな名前のない感情は無視して、また封じ込めるだけだ。

美世に与えられた部屋は、広めの座敷だった。

名のある襖絵師が描いたであろう、美しい松の描かれた襖を取り払えばひと続きの間となり、宴会場にも使えそうな、どう考えても宿泊用にはなりえない立派な部屋だ。

どうも部屋に案内をしてくれた宮人の口ぶりでは、良家の令嬢であれば広い部屋に慣れているのでこのくらいは必要であろう、という配慮だったようなのだが、美世にはまったくもって落ち着かないだけである。

「広いですねえ」

「はい。本当に」

荷ほどきの手伝いとしてついてきたゆり江の言葉に、美世も素直に同意する。

(実家で使っていた部屋いくつ分かしら……)

襖は閉じておくにしても、広い。部屋の隅に置いておいた荷物さえ、どこか所在なさげに見えるほどだ。

「では失礼して、ゆり江はこちらの一間を使わせていただきますね」

結局、襖で仕切られた二間を美世とゆり江でそれぞれ使うことになった。

ゆり江には他に部屋をもらえるという話だったが、どうせなら近くにいたほうが世話をしやすく、空間を無駄にせずに済む、という美世とゆり江の利害が一致したためである。

「はい。これから、よろしくお願いいたします」

「こちらこそ、よろしくお願いいたしますね。四六時中、美世さまのお世話をできるなんて、ゆり江もとっても楽しみです」

四六時中は世話してもらわなくても、と言おうとしたが、鼻歌でも歌い出しそうなほど楽しそうなゆり江を見て呑み込む。

部屋の中はとりあえず、布団と鏡台、衣桁、物入れ用に籐製の匣などをあらかじめ用意してもらってある。

宮人の手伝いの申し出は丁重に断り、持ってきた少ない荷物を鞄から取り出していく。

ひと通り片付け終わるととっくに昼を回っていた。

「美世ちゃん。荷ほどきはどんな感じかしら？」

部屋の外から葉月の声がする。

もしかして待たせてしまったかと慌てて返事をし、廊下に出る襖を開ける。

「はい。終わりました」

「何か困ったことはなかった？」

美世は首を横に振る。

困り事などあるはずもない。部屋が広すぎるのを除けば至れり尽くせりで、堯人や宮人たちの細やかな心遣いを随所に感じるのだ。

「ありません。とてもよくしていただいているみたいで……」

「そうね。ゆり江はどうかしら。ちゃんと過ごせそう？」

問われて、いつの間にやら美世の斜め後ろに立っていたゆり江は笑顔でうなずく。

「はい。平気ですよ」

「そう、よかったわ。それなら、お昼ご飯にしましょうか。私の部屋に食事を用意しておいてもらったの」

「それ、俺も行っていいんですよね？」

急に新の声が聞こえて、驚く。どうやら護衛として、ずっと部屋のそばの壁際で待機していてくれたらしい。

「新さん、荷ほどきは……？」

美世が訊ねると、新はにこりと笑う。

「いいんですよ。仕事柄、家以外の場所に寝泊まりするのは慣れているので、そんなにかかりません」

「そういえば、薄刃家は表向きには貿易会社だったわね」

葉月の言葉に新はうなずく。

「ええ。といっても、会社のほうは異能を継がなかった父が主導していて、俺はただ交渉役として手伝っているだけですが」

異能者の界隈では最近は特に、薄刃の名で通り始めているが、世間には表向き貿易を営んでいる鶴木の名のほうが知られている。おそらく薄刃の名が今以上に浸透しても、家名の使い分けは残っていくのだろう。これればかりは仕方がない。

葉月の部屋は美世の部屋から何部屋か向こうの、廊下を曲がった先にあった。

広さは美世の部屋と同じくらいか。やはり襖で二間に分かれており、片方は荷物置き場にし、もう片方を普段使いにするようだった。

そして今、二間に分けてもなお広々とした座敷に、四人分の膳が並べられている。

「さて、宮城のお昼ご飯ってどんなものかしら」

わくわくと胸を躍らせている様子の義姉に、美世は首を傾げた。

「お義姉さんも、宮城でお食事するのは初めてですか？」

「いいえ。晩餐には参加したことがあるわ。品数も多くて、想像と違わない、とても豪華な内容だった。でも、さすがに昼食は初めてよ」

そう聞くと、自分が今どれだけ貴重な体験をしているかを実感する。しかし考えてみれば当たり前の話だ。宮人でもないのに宮城で何泊も過ごすなんて、なかなかない。

ふと、清霞が昼食をどうしているのか気になった。

（旦那さま、ちゃんとお食事をとられているかしら……）

仕事が忙しければ、彼のことだから食事の一回や二回、平気で抜いてしまうかもしれない。

そばにいて世話を焼けないのでどうしようもないが、次に顔を合わせる機会があったら問い質さなくては。

各々が席につき「いただきます」と挨拶をしてから、膳の上の食器の蓋をとる。

昼食の内容は、美世の想像よりもずっと普通だった。

炊き立ての米飯に、醤油で味付けされた温かいすまし汁。主菜はほくほくとした白身魚の煮つけで、副菜には旬の野菜を用いた和え物と、しっかりと味の染み込んでいそうな根菜の煮物がついている。

しかし、器から盛り付けといった見栄えまで、しっかりと美しさを意識しているのが伝わり、やはり一般的な食卓とは格の違いがありありと見て取れた。

まずは湯気の立つすまし汁をひと口啜る。

「美味しい……」

出汁(だし)が違うのだろうか。繊細で上品な鰹(かつお)の香りが口内から鼻へ抜けていく。白身魚の煮つけや、和え物、煮物もすべて、味は薄すぎず濃すぎないちょうどよい塩梅(あんばい)で、食べているこちらまで格式高くなるような心地にさせられる。

「晩餐だけでなく昼食までこの出来だなんて、宮城(きゅうじょう)はさすがねえ」

葉月がうっとりとしながら絶賛すると、ゆり江も何度もうなずいていた。

新はといえば、特に変わった反応を見せることなく、黙々と食事を続けている。

そういえば、彼はあまり食に対して興味を持っていないように思える。一時期、美世が薄刃家で寝泊まりしていたときも、食に頓着しているようには見えなかった。

「新さん。お食事、お口に合いませんか？」

美世の問いに、新は一瞬だけ目を瞠(みは)り、次いで微笑(ほほえ)んで首を横に振る。

「いえ。美味しいですよ」

「でも……」

あまり美味しそうではない、とはっきり言うのは躊躇(ためら)われて口ごもる。けれども、新は見逃さなかったらしい。

「すみません。美味しくないわけではないんですが、職業病で」

「職業病？」

「俺は仕事で世界中を飛び回っていたので。行った先の国で出された食事が美味しいことももちろんあるのですが、あまり口に合わないこともあるんです。そんなとき現地の方の失礼になってはいけないので、口に合っても合わなくても反応を一定にするよう心掛けていたら、それに慣れてしまったんですよ」

なるほど、納得できる理由である。

美世自身は帝国を一歩も出たことがなく、洋食も帝国人の口に合うように味付けされたものしか食べたことがないので実感はない。けれど知識として、その土地にはその土地の気候や風習、その土地に暮らす人の味覚に合った食事というものがあり、それが必ずしも余所(よそ)の人間の口に合うものではないとは知っていた。

貿易会社に勤め、交渉役としてさまざまな土地で接待などを受けてきたであろう新の苦労が垣間(かいま)見(み)えた。

食事がいち段落したところで、葉月が、

「さて、これからの予定だけれど」

と切り出す。美世とゆり江は姿勢を正し、新もおもむろに視線を葉月へと向ける。

「この宮で過ごす間、なるべく普段通りにしたいところよね。ただ、客人扱いだから家事なんかはしなくても……というか、宮城には宮城のしきたりがあって日々細かい時間通りの日程で動いているから、下手に手を出すと迷惑になるわ」

清霞の家に来たばかりのときも、義両親の住む久堂家別邸を訪れたときも、対異特務小隊で過ごすことになったときも。

美世は家事を手伝っていたが、今回ばかりはそうはいかない。

（くれぐれも、余計なことはしないようにしなくちゃ）

働いていると落ち着くが、迷惑をかけるのであれば働いているとは言えないので、自重しなくてはいけない。

代わりに、ここでの生活ではすべきことがある。

「美世ちゃんは、私や新くんとお勉強よ。みっちりね」

「はい」

「そしてゆり江。あまり私たちのことで宮人の手を煩わせるわけにはいかないから、部屋の掃除などは任せてもいいかしら」

「はい。もちろんでございます。お任せくださいな」

どんと自信満々に胸を叩くゆり江。その姿があまりに場にそぐわぬ緊張感のなさで、美世はうっかり噴き出しそうになるのをこらえた。

「それで新くんだけれど、あなたはどういう指示を受けているのかしら？」

葉月の問いに、新は軽く首肯してから答える。

「俺は基本、美世のそばで護衛をしながら勉強を教えることになっています。ただ、薄刃の——甘水家の本家筋の人間として、おそらく軍から助言や支援を求められることもあるかと」

「そう。美世ちゃんの護衛もするけれど、他に用事があればここを離れるということね」

やや渋い面持ちで確認する葉月に、新は「まあ」と続ける。

「長時間離れるつもりはありませんし、俺がいない間は他の人間がちゃんと美世の護衛をするはずです。それもまったく知らない人間ではなく、見知った者がつくでしょう」

見知った者、と聞いて、美世の脳裏に浮かんだのは、友人として改めて関係を続けていこうと約束しあった、陣之内薫子だった。

彼女は、対異特務小隊の一員として、未だ帝都で働いている。

もともと、入院した五道の代わりに旧都から派遣された人員が薫子なのだが、五道が復帰したあとも帝都に残ることになった。

いたしかたない事情があったとはいえ、裏切りに手を染めた彼女を放逐するよりも、この人目の多い帝都に残そうという意図があってのことらしい。

（薫子さん、元気でやっているかしら……）

彼女の所業を考えれば、美世の護衛に復帰することは難しい。それに、今の彼女は基本的に街の巡回など外回りをしていて、宮城の敷地内に入れず、当然この宮の中にも入れない。

しかしこのまま、顔も見られないのは寂しい。

かといって、会いたいと我儘を言える立場にないので、どうしようもないけれど。

「というわけなので、美世も安心してください」

「はい」

今この瞬間も身を削りながら忙しく働いている清霞たちを思えば、とても安心などできないが、美世はうなずく。

自分の安全のために、大勢の人が力を尽くしてくれている。美世に異論を唱えられるはずがなかった。

対異特務小隊が陣を構えるのは、宮城の管理等を司る宮内省や内大臣府といった各施設が密集する区画と、堯人の宮のすぐ向かいに位置するわずかに開けた庭園の二か所であ

る。

前者の陣営――前衛は堯人の宮よりも門に近く、比較的出入りしやすい。しかし後者の陣営――後衛は警護対象のすぐ近くであるため、立ち入りにはかなり厳しい審査を要する。

清霞は堯人の宮での打ち合わせを終え、まず後衛に顔を出した。

「首尾はどうだ」

上司の姿を認めるやいなや姿勢を正し、お疲れさまです、と頭を下げる部下たち。彼らの間を通り、陣営の要たる天幕に足を踏み入れつつ問う。

「あ、隊長。お疲れさまで～す。……配置はほぼ完了しました。今のところは問題ありません」

答えたのは、この後衛の責任者を任せた五道である。

隊の人手不足は深刻だ。宮城内に陣を二つ構え、結界を維持する人員は不可欠だが、屯所にも人を残さねばならず、さらに通常の業務がなくなってくれるわけではない。

異能心教の襲撃がなければ、五道の他、陣に配置した手練れたちを暇にさせておくことになる。しかし当然、襲撃に備えないわけにもいかない。

清霞は密かに頭を悩ませていた。

「ご苦労。交代で休憩を入れるのを忘れるなよ」

「了解です」

いったんは真面目に返答したものの、すぐににやにやと気色の悪い笑みを浮かべ始めた五道を睨む。

「なんだ」

「いやあ、なんでも。ただ、せっかく仕事中も美世さんが近くにいるのに、隊長が自ら護衛をできず残念でしたね～」

「…………」

だったらもっと、上司を労わる表情をしたらどうだ、とは口が裂けても言えない。それでは自分が本当に美世の護衛をしたがっていたかのように思われる。

いや、したかったのは事実だが。

（他人に任せるのは、もどかしい）

他人をまったく信用していないわけではない。だが、どうしても自分が出張ったほうが確実だと考えてしまい、それができないことに苛つく。

「でも隊長」

「なんだ」

「やっぱり一日一回くらいは美世さんの顔を見に行かなきゃいけませんよ～。婚約者なんですから」

　この男、妙な世話まで焼くようになった。いなければいないで仕事が増えて厄介だが、いたらいたで今度はうるさい。

　清霞は五道の茶化しに辟易(へきえき)して、八つ当たりのように睨む。

「お前に言われずとも、そのつもりだ」

「えっ」

　わざとらしく驚いた様子も気に障る。人をおちょくってる暇があるなら、違う任務に回そうか。

　清霞の不機嫌が伝わったのか、五道は肩をすくめていやらしい笑いを引っ込めた。

「……すみません。調子に乗りました」

「わかったならいい」

「でも、隊長も成長したってことですよね。昔なら絶対、『くだらん。なぜ私がそんなことをしてやらなければならない？』とか言ってましたよ」

　五道の口真似(くちまね)に、天幕の中で待機している隊員何名かが噴き出す。

「…………ほう」

　彼らはあとで締め上げるとして。

確かに、相手が美世でなければ、間違いなく似たような対応をしていた。そのくらい、他人の感情の機微に興味がなかった。

となると、非常に不本意ではあるが、五道の言う通りだ。

(もっと興味をもっておくべきだったのかもしれんな)

彼女の感情がこちらを向き始めているのは、薄らと感じていた。恥ずかしがりながらも口づけには応じてくれるし、時折、頬を真っ赤にして上目遣いでもの言いたげにこちらを見上げてくる。

けれど、彼女は肝心な言葉を決して口にしない。その心を、清霞はまだ計りかねていた。

(今さら、後ろめたさもないだろうし)

甘水の件はあるものの、清霞が婚約者の異能如何に関して頓着しない、とはずっと伝え続けてきたつもりだし、美世もそれは承知しているだろう。

だとしたら、いったい何が、彼女の口を閉ざさせているのか。

(やはり甘水のせいか……?)

もはや、すべての元凶がかの異能心教の祖師であるように思えてくる。八つ当たり気味なのは否定しない。

もし本当に美世の悩みの種が「甘水の件で皆が忙しくしている今、浮ついた感情を表に出すべきではない」という考えから来るものだとしたら、そのときは存分に甘水に当たり散らしたい。

「隊長？　何か、卑猥なこと考えてます？」

五道の失礼千万な問いかけで、清霞は我に返った。

時間はまだある。それに、最低でも一日一回は美世の顔を見に行くつもりだから、毎日少しずつ、じわじわと問い詰めて——。いや、それでは粘着質ないやらしい男と思われるかもしれない。

また思考が脱線しかけた。清霞は咳払いをひとつして、話題を逸らす。

「馬鹿なことを言っているんじゃない。それより、何か報告があるのではないか」

「報告？　ああ、あります」

いったん首を傾げた五道だったが、思い出したように手を打ちつけた。

「どんどん増えているみたいですね〜。異能心教と『よく見える異形』が」

「その報告をさっさとしろ」

五道が『よく見える異形』と呼んだのは、件の異能心教の広報活動に使われている、見鬼の才を持たぬ者にも見える異形のことだ。

あるいは、異能心教の開発した技術で普通の異形を多くの人間の目に映るようにしているのかもしれないが、便宜上、そう呼んでいた。

「市街を巡回中の隊員たちが今日だけですでに二件ほど、取り締まっています。片方は連行できましたが、もう片方には逃げられたみたいです。まだ午前なのにこの調子ですから、今日は十件近くいく可能性がありますね」

「被害は？」

「何も。負傷者等も特にはいませんし、奴ら、暴れたりもしませんしね」

少々うんざりしたように、五道は肩をすくめた。

異能心教が抵抗しないのはおそらく、民の心証をよくするためだろう。従順な姿勢を示しておけば、むしろ連行する隊員側が敵意の対象になる。

しかしそうなると、また悪意の見え隠れする記事でも書かれるかもしれない。見出しは『軍、無抵抗の民間人を強制連行』といったところか。

いったい、政府内部にいるであろう、報道規制を故意に緩めた人物は誰なのか。

犯人の特定に至ったという大海渡からの連絡はまだない。相手が権力者であれば、特定できる日など永遠にこない可能性すらある。

（私にはどうしようもないが——）

異能者は圧倒的に武力に天秤の傾いた存在ゆえ、文官としては働きにくい。それは、清霞とて同じことで、政府にまで影響を与えられる確かな伝手はない。

　そちらは大海渡に任せるほかないだろう。

「ああ、それと。『よく見える異形』なんですけど、あれやっぱり普通の異形じゃないみたいなんですよね～。分析班によるとあの異形、どうも異能が効きにくいらしくて」

「……とんでもないな。術も効きにくいのか？」

「みたいです。呪術、魔術、退魔法、祓魔術、陰陽術——とすでにいろいろ試していて、大した損傷は与えられないって報告がきてます」

　術と異能は明確に異なる。

　異能は先天的な個人の資質に依存するが、術は異能者だけでなく見鬼の才がある者、つまり人ならざるものを感じられる『力』ある者ならば、学習と鍛錬次第で使うことができる。

　式を作って飛ばすのも、結界を張るのもそういった術の一種であり、使用者の才能によって得手不得手、威力の増減はあるものの、見鬼の才ある者にとって、異能者にとって真っ先に学ぶ基本中の基本だ。

　対異特務小隊には、異能は使えずともさまざまな術に精通した術専門の隊員も多く在籍している。彼らも分析班の検証に参加している以上、異能や術が効きにくいというのは疑いようがない。

「一応、今のところ結界術のみ効果があるらしいです」

「結界か……」

だが、正月のあのときも他の事例でも、異能心教は異能を使って『よく見える異形』を滅している。

——異能心教の異能は効いて、清霞たちの異能は効きにくい。

清霞は眉間を揉んだ。

（人工異能者よりもよほど厄介だな）

もし戦いになり、異能心教が異能や術の効きにくい『よく見える異形』を戦力として投入してきたら、結界で防御はできてもこちらからの攻撃手段がないということ。

となれば、清霞たちが一方的に蹂躙され、従来の異能者の信用もがた落ちになる可能性が高い。

早く研究を進めて、せめてその違いの絡繰りを解かねば、こちらの不利を脱せない。

もう、異能心教の独壇場である。

「とにかく、調査と分析を急ぐように伝えておけ。その上で、できれば対抗手段も見つかりそうであれば検証しておくよう頼んでくれ」

「了解しました。伝えておきます」

いくつかの業務連絡を経て、清霞は後衛の天幕をあとにする。次は前衛に顔を出さなければならない。

現在、対異特務小隊の中で役割を分担し、細かくいくつかの班に分けている。

例えば、宮城(きゅうじょう)内で前衛、後衛にそれぞれ詰めている班、帝都中を巡回し、平定団(へいていだん)などを取り締まる班、屯所で通常業務に携わる班などだ。

これにあたり、連絡手段は式を飛ばせばいいが、特に宮城内の各班については頻繁に異常がないか確認する必要があった。

甘水の脅威がある状況で、わずかな違和感や変化も見逃せなかった。

前衛は門近くに設営されており、堯人の宮や後衛からはかなりの距離がある。

美世と一緒だったときは馬車を使っていたが、いちいち優雅に馬車移動をしているわけにもいかない。

清霞は、異能者としての高い身体能力を駆使し、一気に前衛まで駆けた。

「お疲れさまです、……隊長」

前衛の天幕前にて、清霞を出迎えたのは陣之内薫子だった。

彼女が以前見せていた天真爛漫な笑みは鳴りを潜め、その表情には影がある。

「……陣之内、ご苦労」

薫子には、軍を裏切った前科ができている。今回の任務では宮城の守りからは外されていた。

では、なぜここにいるか。

彼女自ら、清霞に伝えたいことがあると言って、面会を申し出たのだ。

「では、向こうで聞こう」

清霞が指し示したのは、宮城に勤める者が日常的に使っているであろう、屋外の小さなベンチだった。

天幕の中には座って会話をできる設備も当然あるが、薫子を入れるわけにはいかない。

「座れ」

「……はい、失礼します」

清霞は薫子ひとりをベンチに座らせ、己は傍らに立つ。すべては裏切り者を警戒する、軍人として仕方ない対応だった。

（美世は、嫌がるだろうが）

初めてできた友人に、彼女は少々入れ込みすぎているきらいがある。気持ちは理解できなくもないが、こればかりは譲れない。

自分の扱いがどうなっているか、正しく理解している薫子は、清霞の顔を見上げて乾いた笑いを漏らした。

「すみません。お忙しいのに急に話があるなんて言って、時間を作っていただいて……」

「問題ない。大海渡少将閣下にはもう話してあるのだろう？」

「大まかには。でも、私の拙い推測の域を出ないので、確かな事実しか閣下にはお伝えしていません」

薫子の話は、まさに異能心教についてのものだった。彼女が今も生かされているのは、こういった情報提供を期待されてのことでもある。

「まずは、私の父なのですが――」

そもそも、彼女が異能心教に加担したきっかけ。それは、旧都で道場を営む彼女の父親が、異能心教に人質にとられたと、錯覚させられたからだ。

「私は最初、甘水直の言葉を信じませんでした。父は異能者ではありませんが、剣士としての腕は確かですし、そう簡単に人質にとられるとは思わなかったので」

「しかし連絡がとれなかったのだろう」

「はい。その通りです」

薫子は甘水に最初に声をかけられた後、父親の安否の確認と甘水の言葉の真偽を確かめるため、すぐさま電話交換台に頼み、連絡をとろうとした。だが、ついに折り返しはなかったという。

「電話で無理ならと、電報も打ちましたし、手紙も郵送しました。でも、なにも……」

「だが、お前の父親は旧都では軍の外部協力者として働いていただろう。すぐには連絡がつかないこともあるはずだ」

薫子の父親は道場を営むかたわら、剣士の腕を見込まれ、すでに数十年にわたり旧都の対異特務小隊――対異特務第二小隊と協力関係にある。任務への助力を要請され、それを受ければ長期間連絡がとれなくなることもままありうる。

清霞の問いに、けれども薫子は首を横に振った。

「いいえ。父なら、長期間家を空ける場合、私が帝都に来る前に話しておいてくれるはずですし、対異特務第二小隊にも問い合わせました」

その結果、返ってきた答えは、『こちらからは何も要請していない』というものだった。

「実家の近所の方にも連絡をとりました。結果は――私が家を出た直後から、姿を見ていないと」

任務でもなく、数日にわたって家を空ける。しかも、娘に何も言伝ることなく。

ただでさえ父親が人質にとられているかもしれず、その場合には異能心教への協力を余儀なくされる緊張状態の中、薫子は十分に冷静に対処できていたほうだろう。

「……私は、異能心教を信じました。父の命がかかっているかもしれない以上、信じるほかありませんでした。言い訳に聞こえてしまうかもしれませんが」

「いや、そうだろう。真偽の確認を怠ったわけではないのだから、自然な判断だ」

薫子の立場では、そうするしかなかった。誰かに相談すれば、父親が本当に人質になっていたとき、その命が危険にさらされる。

(どうやら甘水が人に錯覚を起こさせるのは、異能の力だけではなさそうだ)

甘水が異能で操作できる五感だけではない。人の心理や状況、すべてを使って搦めとる。

実にいやらしいやり方だった。

「それで、人質というのは甘水の嘘だったのだろう?」

薫子は気まずそうに、足元へ視線を落とした。

「はい。父は、無事でした。……軍の要請で、任務に行っていたそうです」

対異特務第二小隊が虚偽の回答をしたとは考えにくい。薫子の本来の所属であるからして、仕事仲間が嘘をついていれば彼女はすぐにそれに気づくはずだ。

つまり、薫子の父親に与えられたのは、対異特務第二小隊とは別口で用意された任務だったといえる。

「父に送られてきた指令書は本物で、任務も本当に急を要し、父に任されてもおかしくないものだったと――」

いったん言葉を切り、薫子は泣きそうにしかめた顔で清霞を見上げた。

「あの、これって、どういうことなんですか？　どうして異能心教に都合よく軍から父に要請がいったんです？　どうして……」

尻すぼみに声を低くした薫子はまた、うつむく。

彼女自身、その問いの答えには想像がついているのだろう。しかし、信じたくないのだ。

その気持ちは、清霞にも十分に理解できた。

「異能心教が国の中枢に入り込んでいる」

努めて静かに、落ち着いた声音で、部下が抱く疑惑をはっきりと言語化する。

ベンチに座る薫子を見下ろすことなく告げた清霞の耳に、「そんな」という弱弱しい呟きだけが届いた。

「そうでなければ、説明がつかないことが多い。政府と軍の上層部のどちらか、あるいは両方に異能心教と繫がり、手を貸している者がいる」

「でも、じゃあ、こちらに勝ち目なんて」

「勝ち負けは別としても、どの程度の規模で異能心教に寝返っている人間がいるのか、現時点では未知数だ。状況は確かに最悪だな」

政府の中枢に籍を置く者であれば、薫子の父に対してやったように、本物の指令書を異能心教の都合の良い時機に送り付けるなど造作もない。情報操作もお手の物であろう。

さらにそんなものは序の口で、もっとあからさまな異能心教への支援すら、可能なはずである。

敵は、着々と力をつけ、手強くなっている。

甘水の目的が国家転覆でも、それを現実としてしまえるほどに。

「私、とんでもないことを……」

膝の上で握った薫子の拳は、微かに震えている。

彼女が甘水を対異特務小隊の屯所へ招き入れ、清霞がそちらに釘付けにされた間に、帝は異能心教の手中に落ちた。

（確かに許されない裏切りではあったが、どのみち同じ道は歩むことになっていただろう）

肉親を人質にとられたと思い込まされ、異能心教に協力させられるのは、隊員の中の誰でもよかったはずだ。ただ、帝都に来たばかりの薫子が騙しやすかったから標的にされただけで。

問題は、この先のことだ。

政府への影響力と、今上帝の権威。これらが揃った今、異能心教がその気になればいつでも容易に政変が起こる。

直近の彼らの目的はおそらく――。

(異能や異形を通じて、政府や軍の在り方に対する民の不信感を煽り、勢力図を塗り替えること)

そしてそれは、着々と完成しつつある。

例えば異能心教の工作に影響され、新しい異能心教の信徒が百人程度増えたとする。それだけなら大して警戒に値しないかもしれない。

だが、そのすべてを人工異能者にできるなら?

新たに百人もの異能者が誕生してしまうことになる。

本来、兵器にもなりうる危険な力である異能をそんなふうに増やせるとしたら、瞬く間に国内の勢力図は塗り替えられるだろう。

「ともかく、話はわかった。お前はもう異能心教に近づくな。向こうから接触があったら速やかに報告しろ」

「もちろんです！　裏切りなんて、もう二度としません」

そもそも本人には知らされていないようだが、薫子には密かに監視がつけられている。異能心教と再び繋がろうものなら、すぐさま大海渡に報告がいく。

話は終わった。清霞は薫子に持ち場へ戻るよう促そうとしたが、その前に薫子のほうから「あの」と躊躇いがちに声をかけられた。

「なんだ？」

薫子の態度には迷いが見られる。言うか、言うまいか。視線をさまよわせ、手を開いたり閉じたりと落ち着かない。

しかし清霞とて、その迷いに悠長に付き合っていられるほど暇ではない。

「用がないなら――」

「いえ！　その、実は私的で、まったく違う話になるのですが、お聞きしたいことがあります」

覚悟を決めたように、薫子は顔を上げる。

彼女と話すことも、今後は少なくなるはずだ。負傷した五道の代わりに派遣された彼女だが、すでに対異特務小隊の中枢からは外されている。

質問を受けるのは、これが最後の機会になるかもしれない。

清霞はうなずいて返し、了承を示した。

「……ずっと前、私がまだ旧都に異動になる前、私との縁談がありましたよね」

「そうだな」

「隊長が、その縁談を断った理由を……聞いてもいいでしょうか」

こんなときに申し訳ありません、と小さく付け足す薫子。清霞はこのとき、はじめて彼女を見下ろした。

数年前、次々と浮上する縁談を断っていたときのことを思い出す。

陣之内薫子との縁談も、例によって父の正清がどこかから仕入れて持ち込んだものだった。あのとき、自分は何を思ったのだったか。

美世が勘違いしていたような、恋愛感情などといったものは当然、いっさいなかった。

なぜなら、それは。

「万が一にも、仕事に私情を挟む事態にしないためだ」

薫子は、人間性は悪くなかったが、同僚以上でも以下でもなかった。

ただ結婚し、家庭を築き、ともに過ごす時間が増えてもまったく情が湧かないというのは、現実的ではない。

家族として湧いた感情を、仕事、それも軍という、ときには何よりも冷徹さを求められる職場に持ち込むのは避けたかった。

任務遂行に雑音が入ると思ったのだ。

「……そう、ですよね。あなたのことですから、そういうことだろうと、なんとなく思っていました」

「別に、お前に問題があったわけではない」

だから、自信を失う必要はない。続けようとした言葉は、「だったら！」と叫ぶ薫子に遮られた。

「だったら、もし私が軍人をやっていなかったら。縁談を受けてくださったんですか」

「ああ。おそらくな」

清霞は努めて淡々と返す。

去年、五道の抜けた穴を埋めるためにやってきた薫子と再会したとき。本当は、ずっと前からなんとなくは察していたが、彼女の自分への思いに確信を持った。

それは、清霞が美世を見ていたからだ。

美世のことを見ていたら、同じように美世を見る薫子の視線に含まれていた嫉妬に気づき、それが彼女から清霞への好意に起因するものだと察した。

彼女に特別な感情を抱かれていたのは、不快ではなかった。

けれど、もし薫子の言う通り、彼女と結婚していた未来があったとして。今、美世を想(おも)うのと同じように彼女を想えたかと問われれば、否と答える。

「だが、きっとお前の望むような結果にはならなかった」

「……あ」

「私やお前にとって、それが幸か不幸かはわからんがな」

ここにある現実がすべてだ。もしも、を考えても詮無い。ひとつわかるのは、今の清霞に後悔はないということだけ。

必要な返答はした。清霞はベンチに座る薫子に背を向けた。

「隊長」

こちらを呼ぶ薫子の声は、予想に反して少しの揺れもない。

わずかに逡巡(しゅんじゅん)してから振り向くと、元婚約者候補であり、今は部下でもある女性は、以前までのはじけるような、明るい笑みを浮かべていた。

「答えてくださって、ありがとうございます」

「気が済んだら持ち場へ戻って、お前はお前のやるべきことをしろ」

「はい」

清霞は今度こそ踵(きびす)を返(かえ)し、薫子に背を向けた。

三章　夜

宮中の、帝のために設けられた宮殿の中に撫子の間、と呼ばれる一室がある。

帝の居住する奥の宮、いわゆる奥殿に対し、宮内省の庁舎と渡り廊下で繋がっており人が多く出入りする前殿は、各儀礼等に使われる西洋風のホールに近い正殿もある公の棟である。

撫子の間は前殿の一室で、主に帝が親臨する国政会議を開催する際に使われる。

室内は舶来の長テーブルと椅子が中央に置かれ、クリスタルの粒がちりばめられたシャンデリアを照明として洋式を主にまとめられているが、天井や壁のクロス、カーテン、卓布といった布地には伝統的な和柄が織り込まれ、品良く見事に和洋が共存していた。

優に十五人以上は着席できるテーブルは現在すべてが埋まり、さらに壁際に整然と並べられた数十脚の椅子もスーツに身を包んだ男性たちにより、ほとんどが塞がっている状態である。

テーブルに着いているのは全員ではないものの各省の大臣、椅子を埋めているのはその他、軍や政府の重要な役職に就く者たちだ。

そして上座には、屛風(びょうぶ)を背に床より一段高い畳敷きの御座が設けられており、現在は帝の代役を務める皇太子、尭人(たかいひと)が座す。

行われているのは、正式な会議ではない。

国の中心にいる者たちが簡単に意見を交わし、また帝の代理である尭人に対し質疑するための臨時の会合で、帝がその座から消えてから幾度も繰り返し開かれているものだ。

ただし今回もまた、たいして進展もないまま、すでに始まってから一時間は経過している。

オーデコロンと葉巻の残り香が澱(よど)む中、会議はたいそう紛糾していた。

「殿下。宮城(きゅうじょう)に部外者を入れ、あまつさえ御身を危険にさらす行為――失礼ですが、その身勝手な決定について納得できる説明していただけませんか」

椅子から腰を浮かせる勢いで口を開いたのは、国務大臣のひとりであった。

此度(このたび)の会議、皇族は尭人のみ参加している。ゆえに殿下といえば指すのは彼だけであるが、この質問に対し、尭人が何か返答する前に別の大臣が反論する。

「殿下はすでに何度も説明されている。もう少し言葉を選んではどうか」

「揚げ足をとるのはやめていただきたい。私は殿下にお訊(たず)ねしているのだ」

「そのような失礼な物言いで殿下にお訊ねするのはどうか、と申し上げています」

「だからそれが揚げ足とりだと――」

「お二人とも、子どもの喧嘩のような言い争いならば、別の場所でどうぞ」

互いに実のない、くだらない言い合いをしていた中年の大臣二人は、堯人の側近である若き内大臣、鷹倉の冷静な発言により、揃って彼を睨みつけて黙り込む。

主な議題は帝の不在への対応と、ほぼ堯人の独断で宮城内に対異特務小隊の陣を構えた件の二つ。

後者の議題については、集まった者たちは大きく三派に分かれる。

ひとつは堯人の判断に賛同する派閥。そしてこれに反対する集団、前者二つが対立する様を静観する者が数名。この三つである。

堯人の判断――具体的には、宮城内に陣を設営し守りを固めた件――に異議を申し立てている派閥の筆頭は海軍大臣などで、逆に賛同を示しているのは鷹倉をはじめとして堯人の次期帝としての能力を認めている者たちだ。

そもそも、科学の発達が目覚ましい昨今、帝が有するとされる『天啓』をはじめ、異能や異形といった非科学的なものに懐疑的な大臣や官僚も少なくない。

そういった不信の積み重ねが、対立と混乱をさらに深めている。

（海軍大臣は特に、科学を重んじている者の代表だからの）

堯人は室内を注意深く俯瞰する。

国務大臣を率いる首相は一定の距離感を持って中立の立場を守り、他数名もそれに倣っているようだ。

「鷹倉内府。貴殿にはなるべく発言しないでいただきたいですなあ。内府の職務は陛下のおそばで事務をすることであって、政治に口を出す立場ではありませんでしょう？」

椅子の背もたれに寄りかかり、口髭を撫でながら、どこかしたり顔で鷹倉に意見したのは文部相であった。

明らかに内大臣職を下に見た言い様に、鷹倉は眉根を寄せる。

「……自分があなたの私見に付き合う義理はありませんし、会議の主旨から外れる問題提起はまたの機会にしてくださいませんか」

努めて落ち着いた口調で言う鷹倉を横目で見て、文部相は口許には笑みを浮かべる。

「若くして内大臣になり、殿下の信用を得て鼻高々になってしまうのも無理ない話ではありますがねえ」

「…………」

「今回の殿下のご判断も含め、宮中を私物化しているのは見過ごせませんな。宮中は陛下のための物であって、いくら殿下が皇太子であろうと好き勝手してよいわけはありませんぞ」

　この意見には文部大臣と同じく、堯人の命に否定的な海軍大臣や宮内大臣も賛意を表した。

「わたくしなどは宮内大臣の身でありながら、此度の件では事前の相談すらありませんでしたよ。私物化、というのはまったくもって適切な表現です」

　宮内大臣は憎々しげな目を鷹倉に向ける。

　場の雰囲気をうかがい、少々やりすぎたか、と堯人は軽く息を吐く。

　正月という比較的行政の動きが鈍る時機を見計らい、自身と斎森(さいもり)美世(みよ)を宮城で同時に守る策を強行した。

　結果、策自体は実行できたものの反発は強まった。

　堯人とて時間が許すならば丁寧に根回ししたかったが、そうのんびりもしていられなかったのだ。

　宮内大臣については、鷹倉とは違い父帝の側近である。ゆえに、いくら宮中を指揮する人間だったとしても心を許せはしない。相談できないのは当たり前だ。

　正直に本人に言っても、納得してはもらえないだろう。

さらに、今までも病床に就いた帝の代わりに執務を行っていた堯人ではあるが、未だ権威という面で今上帝に劣る。だというのに宮中を勝手に動かしたため、反感が強まってしまったというのもあった。

（さて、どうしたものか）

若く、敵の多い鷹倉を、延々と矢面に立たせておくのも哀れである。

そう思っていたところへ、大蔵大臣が挙手とともに口を開く。

「お二方ともそうはおっしゃいますが、殿下の策は財政に優しい。反対するなら予算的負担の少ない代案を出していただきたいものです」

眼鏡を指で押し上げ、不機嫌そうに腕を組んだ大蔵相。一気に空気が重くなり、沈黙が落ちた。

金の話を持ち出されると、反論できなくなる。

この一時間、何度も繰り返されてきた展開だった。

「ところで、情報統制が緩んでいることについて説明はないのですか」

外務大臣の放った問いに、テーブルの隅の席で小さくなっていた痩身の中年男が肩を震わせた。

逓信大臣。郵便や通信などの事業を司る、逓信省の長官である。

彼は額の冷や汗を白い手巾で拭い、頼りなく腰を上げた。

「じょ、情報統制につきましては……事実関係の調査と対応を鋭意行っている最中でして……」

「まだそんな段階なのですか。いささか不手際なのでは」

「め、面目ございません……」

「謝罪など不要」

一刀両断された逓信相はがっくりと肩を落として着席する。

単純に考えれば、情報統制を異能心教の有利に操作するのが最も容易なのは逓信大臣だ。

だが、どうにも堯人の目には、彼がそこまで大胆な裏切り行為をできそうに見えない。

(対応の不手際も、単なる彼の能力不足だろうしの)

だとすると、異能心教に味方する裏切り者は誰か。

この中にいるのか。それとも、また別の場所にいるのか。

現時点では、正確な判断ができそうになかった。

「――皆の意見はよくわかった」

堯人が切り出すと、各大臣の双眸が一斉に向けられる。

「詳細な説明を怠り、同意を得ないまま此度の策を推し進めたことについては謝罪する」

軽く頭を下げる次期帝の姿に、一同は狼狽を露わにした。

当たり前だろう。帝として即位していないとはいえ帝不在の今、皇太子たる堯人はこの場の全員の主君で間違いなく、神の子孫であり化身も同然なのだ。

そんな存在が、ただ政治を輔弼しているだけの人間に頭を下げて詫びるのは本来、あってはならないこと。この場が公式に設けられたものでないからこそ、かろうじて許されるような、非常識な行為であった。

慣例を歪めてでも、皆の理解を得たい。その一心が、堯人を突き動かした結果だった。

(父帝を凡庸だと常々侮っていたが、我も大概、感情的に暗君への道を突き進んでしまっているかもしれぬな)

民にへりくだりすぎれば、権威は失われる。

けれど、ここは岐路だ。そこまでしても、押し通さなければならない。

「我は天啓にて、未来の可能性を得た。策を講じなかった場合、我は直ちに弑されることになろう」

「まさか……」

まるで信じがたいと、困惑の色を誰も彼もが浮かべていた。

堯人が話したことは本当である。

不確定で断続的な未来が、現時点でいくつか見えていた。

最悪なのは、堯人自身の命が奪われ、斎森美世が異能心教の手に落ちた場合。その先には、あっという間に帝国が転覆する未来がある。

また、堯人が守られ、美世が連れ去られた場合と、逆に美世を守り、堯人が弑された場合。

前者は、強引に異能心教に従わされた美世の異能で帝国は異能心教の手に落ち、結局は堯人も命を落とす。

後者は堯人が弑されることで今上帝が実権を取り戻し、異能心教の傀儡となる。帝国の舵は完全に異能心教へと渡り、清霞と彼に協調した対異特務小隊が美世を守って孤軍奮闘するが、最後は追い詰められて潰える。

他にもいくつか経緯の異なる型もあるものの、行き着く未来に大差はない。

己と美世、双方とも守られなければならない。だというのに、二人がばらばらの場所にいてはどちらかに守りが偏るか、どちらも手薄になるかだ。

具体的には、久堂清霞。最強の駒である彼のいない場所が、穴として狙われる。

（おそらく、甘水直がこちらの戦力の中で最も懸念しているのは清霞。他は取るに足ら

ないが、清霞が守っている箇所への攻撃は慎重になっている）

　甘水ほどの異能があれば清霞とて出し抜かれてもおかしくないが、一方で、清霞なら甘水相手でも渡り合える可能性がある。

　であれば、清霞の手の届く範囲内に堯人自身と美世を配置する必要がある。

（我々が宮城で守りとして清霞を置き、蝸牛のように引きこもっている限り、異能心教は直接手を出してはこない）

　推測の域を出ないのでおそらくだが、と堯人は己を情けなく思いながら付け足す。

　ともかく、これで甘水はこちらに直接手を出すのではなく何らかの搦め手でくるはず。すると、堯人の目指す比較的被害の少ない未来へたどり着く可能性が高まる。

　堯人は、ぱちり、と扇子を鳴らし、室内を見渡した。

「宮城で守りを固める、現状でこれだけは変わらぬ。守りは一所へ集中せよ。でなければ各個撃破されるゆえ」

「しかし、たかが新興宗教ごときのために慣例をいくつも曲げるなど——」

　宮内大臣が渋る。

　仕方のないことだ。宮中を平穏に保つのも彼の職務の内であるから。ただ理解はするが、堯人も譲れはしない。

その後も会議はしばらく続いたが、尭人は必要な説明はしたものの、自身の考えを曲げることはいっさいしなかった。

入浴を済ませたら集合するよう言いつけられた美世は、寝間着の上から羽織(はおり)を着て十分に寒さに備え、葉月(はづき)の部屋を訪れた。

「美世です」

「どうぞ、入って」

襖(ふすま)を開けると、すでに葉月によって集められたと思われる面々が揃(そろ)っていた。

まずは部屋の主である葉月、それからゆり江(え)。そして、一番驚いたのは部屋の最奥にどん、と当然のように尭人が座っていたことだった。

「し、失礼します……」

どうして、葉月の部屋に尭人がいるのか。いや、その前に美世はこの異常事態にどんな対応をすればいいのかわからなかった。

「良(い)い夜だの」

かすかに口端を持ち上げた堯人は、そんな言葉をかけてきた。

「は、はい。あの、ええと、こんばんは」

堯人とこうして言葉を交わすのは、例の、清霞が倒れた事件で事の顛末を聞いたあのとき以来だろうか。

二度目とはいえ、まったく慣れる気がしない。

「こんばんは」

普通に挨拶を返され、余計に混乱する。

そして、自分が寝間着姿であることを思い出し、淑女として、また無礼をしでかしたという羞恥で赤面してしまう。

(あ、どうしよう!)

「美世ちゃん。大丈夫だから、固まっていないでこちらに座って」

葉月が自分の近くに置かれている座布団を軽く叩く。

「でも……」

「ほら、誰も無礼だとか気にしていないから。早くいらっしゃい」

有無を言わさぬ葉月に気圧され、ややうつむきがちにしずしずと入室し、座布団の上に座る。

部屋に並べられていた座布団がすべて埋まったのを確認した葉月は、ひとつ咳払いし、切り出した。

「さて、今日集まってもらったのは他でもない。せっかくこうしてひとつ屋根の下で生活しているのだから、女同士、楽しくおしゃべりしましょうというのが目的よ。名付けて『婦女子の会』！」

葉月らしい、楽しそうな催しである。と、美世は納得しかけて、心の底から失礼かとは思いつつも疑問を投げかけた。

「婦女子……ですか？」

明らかに婦女子とは違う人物が混ざっている。確かにその顔立ちは男性とも女性ともわからぬほどに美しく整っているけれども。間違いなく婦女子には当てはまらない。

葉月は美世の疑問には答えず、視線をかの人物へ向ける。ゆり江は「ほほほ」と笑いながらこちらを見守っていた。

そして、当の堯人はというと。

「我のことは気にせず、存分に語り合って構わぬぞ。心を女人にして聞き役に徹するゆえな。どうしてもと言うのであれば、気軽に『タカ子』と呼んでくれてもよい」

などと、すまし顔で述べる。

なぜ婦女子の会と言いながら堯人を呼んだのか。それでなぜ堯人は参加することになったのか。心を女人にするとは。『タカ子』とはいったい。

余計に疑問が湧きあがった美世は、もうどこをどうつっこむべきかもわからなくなり、沈黙する。

「というわけで、タカ子さまよ。ご本人がおっしゃっているのだから、気軽に呼んでいいわ。あと、参加者はもうひとりいるのだけど」

美世は首を傾げる。

座布団は余っていないし、この場に来られる親しい女性はもう全員揃っていると思うのだが。

葉月がおもむろに持ち出したのは、部屋に取り付けられている鏡台だった。

「これを、こうよ！」

ぺしり、と鏡の裏に葉月が貼りつけたのは、どうやら何かの札らしかった。

すると、鏡が次第に曇り始める。磨き抜かれて澄んでいた鏡はどんどん白く曇り、やがて、下のほうから自然にまた元の輝きを取り戻していく。

けれど、先ほどまでは確かに部屋の中を映していたはずの鏡は、まったく別の景色を映し、その中心には美世も見知った顔があった。

「え、薫子さん……？」

薫子は部屋にはいないのに、曇りのとれた鏡にははっきりと彼女の顔が映し出されていた。しかし、心なしかその頬は赤らみ、目は潤んでいる。

それに鏡の端に映り込んでいるのは……。

「追加の参加者、陣之内薫子ちゃんよ。って、あら。もう飲んでいるの？」

笑顔で薫子を紹介した葉月だったが、異変に気づき、目を丸くする。

「はい。こちら陣之内です。もう飲んでます！」

鏡の向こうには徳利と猪口が見切れている。おまけに、まだ滑舌は無事なようだが、背筋を伸ばし敬礼してみせた薫子は、すでにしたたかに酔っているようだ。

軍の任務はいいのだろうか……と思うも、おそらく休みをもらっているのだろう。とすれば、彼女の現在地は軍の寮の自室あたりか。

「もう。こっちはまだ注いでもないのに」

唇を尖らせた葉月の背後には、よく見ると酒を含む、飲み物とつまみや菓子などの用意があった。

挨拶を終えてから出す予定だったのだろうか。

「まあいいわ。——そういうわけで、陣之内薫子ちゃん。ここには来られないから、式を飛ばして誘ったら参加したいって返ってきたの。だから、特別に術を駆使しての参加よ。本当は結界の中だし、通信は推奨されていないのだけれど。タカ子さまのお口添えのおかげもあって、なんとか許可をもぎとったわ」

葉月もゆり江も何も気にしていない様子だが、美世はそわそわと落ち着かない心持ちで堯人のほうをうかがった。

鏡に映った薫子は、軍服は身に着けているものの襟元はやや寛げており、いつもきっちり結ってある髪も解けかけている。そして、酔っているためか堯人の存在に気がついていないらしく、ひと言の挨拶もなかった。

寝間着姿の美世が言えることではないが、少々はしたない薫子に、堯人が気を悪くしていないか心配になったのだ。

(でも、杞憂だったかしら……)

堯人は特に薫子を咎めることなく、今は笑みさえ浮かべて、葉月に酌をしてもらっている。

やはりこの場は無礼講という認識で問題ないようだ。

「さ、美世ちゃんもこれを持って」

葉月にグラスを手渡され、中にたっぷりと果実水のような飲み物が注がれる。

「お、お義姉さん。お酌ならわたしが……」

「いいのよ。私が主催者だもの。ああ、そうだ。美世ちゃんはお酒禁止だからね」

酒を禁止されて困ることはないが、どうして自分だけなのかと首を傾げた。すると、察した葉月が急に真顔になる。

「清霞に言われているの。美世ちゃんには絶対、絶対、お酒は飲ませるなとね」

「旦那さまが……？」

「おおかた、酔った婚約者の姿を他人に見せたくないとかいう理由でしょうけれど。もう、我が弟ながら嫌になっちゃうわ。それと、ちなみに清霞にも『婦女子の会』をすることは伝えてあるけれど、タカ子さまがいらっしゃることは言ってないわ」

呆れたように肩をすくめてから、にやりと笑う葉月。そこへ、堯人もわずかに口角を上げ、うなずく。

「清霞がこの状況を知ったらば、烈火のごとく怒るだろうて。まったく、婚約した途端にあれほど狭量な男になるとは思いもしなんだわ」

堯人の言葉にゆり江もうんうんとうなずきを返し、薫子も「その通り！」と持っていた猪口を卓に叩きつけ、なぜか声を荒らげている。

なぜ清霞が烈火のごとく怒るのか、美世はあえて聞かなかった。

「まあ、清霞にはあらかじめそなたと話したいと言ってあるゆえ、文句はなかろう」

美世のほうを見て、完全に面白がっている堯人の言葉で思い出した。

確かに、堯人が何か美世と話したいことがあるので、彼から何か指示があれば従うように、と言われていたのだ。

まさかこんな不可解な状況を作り出されるとは、思いもしなかったが。

急に重大な場に直面したような気持ちになり、内心で慄く。

「我は、そなたの人となりを少し知りたいと思っただけよ。そう緊張せずともよい」

「は、はあ」

堯人の口調は厳かながらも、軽さを内包していた。近寄りがたさも、今は少し、減っているように感じる。

緊張しない自信はあまりなかったが、美世はひとまず首肯した。

その後、葉月はゆり江に猪口を持たせて酌をし、手酌で自分も猪口を持った。

「では、今から『婦女子の会』を始めます！」

葉月の挨拶とともに、皆がいっせいに杯を掲げる。

そうして、舐めるようにひと口、口に含んだ果実水は、前に、堯人と話したときに飲んだものと少しだけ味が似ていた。

会の中で、最もよくしゃべるのはやはり葉月だった。次点で薫子。次に、堯人、ゆり江、美世と続く。

ちなみに、美世は話さないわけではなく、大勢との会話の中に入っていくだけの話術を持ち合わせていないだけである。

「やっぱり女の子が集まったら、恋愛話は外せないわよね〜」

頬をほんのり赤くし、上機嫌で葉月がそんなことを言い出す。彼女は確か酒には強かったはずなので、酔った勢いというわけでもないと思うのだが。

「恋愛なんて！　恋愛なんて！」

葉月の言葉を聞いた途端、薫子が叫びながら卓に突っ伏し、泣き出した。

「あら、薫子ちゃん。何かあったのかしら？」

深掘りしようとする葉月に、思わず美世は慌てた。

ついこの間まで、美世と薫子は恋敵も同然だった。その薫子の恋愛に関する話題といえば、清霞絡みだろうとは、想像に難くない。

安易にこの場でその話題に触れるのは誰もいい気持ちがしないし、空気が悪くなるに決まっているのだ。

葉月にしても、だいたいの事情は察しているだろうに。なぜわざわざ波風の立ちそうな詮索をするのか、理解に苦しむ。

「お、お義姉さん。それは……」

こうして、美世自身が口出しするのも憚られるが、仕方がない。勇気を振り絞って苦言を呈そうと口を開くと、葉月は一瞬、真剣そのものの表情を浮かべ、美世を見返してきた。

「まあまあ、ちょっと聞いてみましょ。……薫子ちゃん自ら話題に乗ってきたのだし」

それはそうだけれど、差し向けたのは葉月ではないだろうか。釈然としない気持ちで、美世は己の主張を引っ込めた。

この間にも、薫子はぐすっ、と鼻を鳴らしながら、愚痴をこぼす。

「そりゃあ、最初からわかっていたことですけど。隊長が、私のことを同僚としてしか見てないなんて……うう。私だって、別に今さら隊長とどうこうなろうなんて、思っていませんでしたけど……」

「うむ、さぞ大変だったのであろうな」

酔った薫子の、おそらく本心であろう言葉に、何やら堯人が相槌を打っている。

彼女の「今さら清霞とどうこうなろうとは思っていなかった」という台詞は、傍らで話を聞いていた美世の胸を波打たせた。

薫子の嫉妬の源はきっと、昔の恋の残滓だった。

かくも、恋や愛とは、長く人の心を縛るのだ。それを思えば、心中穏やかではいられない。

「美世さま?」

すぐそばで呼ばれる声がする。声の主は、見なくともわかる。ゆり江だ。

「どうかされましたか」

ゆっくりと紡がれるゆり江の心遣いは、美世の胸の内に広がった不穏な気配をわずかに滲ませた。

「いえ……」

しかし、美世は己の恐怖や不安や——迷いを、誰かに見せる気はなかった。

人生経験が豊富なゆり江や葉月に相談するのもいいだろう。わかってはいても、何をどう相談すればいいのか、美世には判断がつかない。

そもそもこれは、美世の心と清霞との関係性が問題なのであって、そんなことに家族とはいえ他者を巻き込み、気を遣わせてしまうのも悪い。

感情を呑み込んだ美世に、ゆり江は穏やかに笑いかける。

「美世さまは、本当にお優しいですわね」

「え?　そんなことは」

優しくなどない。ただの怖がり、臆病だ。自ら一歩を踏み出すことができない。自身の欠点はよく知っている。

けれど、ゆり江は首を横に振って否定する。

「いいえ。美世さまはいつだってお優しいですよ。初めて、あのおうちにいらっしゃったときから。いつだって、他の誰かを思い遣っていらっしゃる。ゆり江は知っていますよ」

そう、だっただろうか。

自分では、いつも利己的で、自分のことしか考えていなかったように感じる。傷つくのを恐れてばかりで。

(……なんて、情けない)

今だって、傷つくのが嫌で結論を先延ばししているにすぎない。誰かを傷つけ、それで自分が傷つくのが嫌だからだ。

だから、清霞に対するこの想いを、ただ温かで曖昧なものに留めておきたいと思っている。

反対に、自らぶつかっていった薫子の、なんと真っ直ぐ美しいことか。

何もしない美世は、恋敵などとおこがましく、まだ彼女と勝負できていないどころか、同じ土俵にすら上がっていないのかもしれない。偉そうに諭しておいて。

手の中のぬるくなったグラスを撫でる。

「……わたし」

「ゆり江は、美世さまの良いところをたくさん知っています。けれど、そうして心内を呑み込んでしまわれるのは、長所であり、短所かもしれませんね」

穏やかな口調ながら手厳しいゆり江の意見に、美世は顔を上げた。

「美世さまのお好きなようになさってくださいな。ゆり江はいつでも美世さまの味方でおりますし、できるかぎりのことはさせていただきますから」

「わたしの好きなように……」

「はい。何もかもを打ち明けろとはいいません。ただ、拠り所として、ゆり江や葉月さまのことを頭の隅に覚えておいてくだされればよろしいのですよ」

この迷いは、打ち明けてもいいものだろうか。頼っても、いいものだろうか。こんなときに、という気持ちはある。私情を優先してもよいのかと。

考え込んだところへ、薫子の声が飛び込んできた。

「いいんです！　私はもう仕事に生きるんれす！　恋愛なんてしません！」

いよいよ呂律もあやしくなっている薫子は、そう叫んで突っ伏したかと思うと、直後にはもう寝息を立て始める。

「薫子ちゃん？　おーい。……あら、これは寝ちゃってるわね」

葉月が鏡の前で呼びかけたり、手を振ったりするが、まったく起きる様子がない。まだ『婦女子の会』が始まってからいくばくも経っていないのに、まるで嵐のようにあっという間の出来事だった。

呆れ笑いを浮かべた葉月は、尭人に追加で酌をする。

「まったく。勝手に先に始めて、さっさと寝ちゃうなんて。荒れていたわね、薫子ちゃん」

「心労が重なっていたのだろうよ」

猪口に真っ赤な唇をつけ、尭人も口元を緩めた。

「あの、今さらですけれど……よかったのですか。お酒を飲んでも」

話が途切れたところで、美世は疑問を投げかける。

ずっと気になっていたのだ。今は、異能心教や甘水直の襲撃に備え、厳戒態勢のはず。美世たちは軍属ではないので、その限りではないが、何か緊急事態に陥った際に酔っていて対応できなければ、生死にかかわるのではないか。

この問いには、尭人が「よい」と答える。

「息抜きは必要であろう。それに、甘水が仕掛けるのは今ではないゆえな」

「……それは、いつ仕掛けてくるか、視えていらっしゃるということでしょうか……」

今ではない、と確信を持って言い切る堯人に、思わず美世は聞き返した。

甘水が仕掛けてくるのが今ではないとわかっているのなら、なぜ、こうしてここに滞在する必要があるのか。

つい、訝しげな表情を堯人に向けてしまう。

けれど、堯人はなんでもないように、それを受け止める。

「いつ、と明確な時期はわからぬ。が、今宵も雪は降っていないのだろう？」

「雪？」

大晦日にちらついた雪は薄ら積もったものの、数日のうちにほとんどが融けた。美世たちがここに滞在してからは悪天候に見舞われていないため、今はどこにも白さは残っていない。

しかし天候と甘水や異能心教の襲撃と。これらの間にどんな関係があるのだろう。

美世とゆり江は首を傾げ、葉月は落ち着いて話を聞いていた。

「我に視えたのは、人の足が埋まるほど積もった雪の景色だったゆえ」

「雪の景色……」

美世はやや遅れて、ようやく理解する。

雪の景色――堯人はそれ以上明言しないが、おそらく彼の視た未来では、降り積もった雪と、皆が恐れるような何か悪い事態と。その二つが同居していたのだ。

自然と障子の向こうに意識が向く。

今日の昼間は、あまり雲量もなく、天気が崩れる様子はなかった。今も雪は降っていないはずだ。

（堯人さまは、少なくとも強く雪が降るまでは、何も起こらないとみているのね）

けれど、それは明日かもしれないし、明後日かもしれない。

雪が降りだしてから備えるのでは遅いから、こうして守りを固めているのだと納得した。

「申し訳ありません。浅慮で質問をしてしまって」

美世は己の察しの悪さに恥じ入って謝罪した。

すると、堯人は再び「よい」と返す。

「我はすべての未来を見通せるわけでなく、見通せたとしても、すべてを告げることはできないからの。非力を許せ」

「そんなことはありません」

美世の夢見の力でも、未来を視ることができるという。だが、今までに視たことはないし、それをできそうだと思ったこともない。

だから、実際に未来を予知し、皆を導いてきた堯人が非力なわけがない。

真面目に言い切る美世に、堯人は、初めて破顔、といえるほどの笑みを浮かべた。

「そうか。そなたに言われると、自信も持てるというものだ」

「あら、美世ちゃんが現れてさすがの皇太子さまも自信をなくしていたのかしら？」

葉月が茶化すように言うと、堯人は軽く首を横に振ったように見えた。

「いや。……どうであろうな。そのような人らしい感情があったのかどうか。今上帝の危機感に影響されたのかもしれぬ」

今上帝は、夢見の力を恐れた。過去も未来も見通す力を天啓よりも上であると考えたからだ。だから、夢見の異能を持つ娘が生まれる前触れともいえる薄刃澄美を、潰した。

そのような父親の心や考えを、彼も感じ取っていたのだろうか。

「あまり、考えたくはない可能性ではあるがの」

「別に、いいじゃないの。私は、昔のもう少し表情豊かなあなたも、人として好ましかったわ」

しみじみとした葉月の言葉は、昔を懐かしむ感慨が込められている。

「どうだかの」

力を持つというのは、大変なことだ。

力ある限り、誰も放っておいてはくれないし、自衛できなくては自分の意思とは関係なく悪用されてしまうかもしれない。

美世は夢見の力を持っているが、自分の身を自分で守れず、清霞に任せてしまっている。けれど、堯人は心を殺すことで、己の身やあらゆるものを守っているのだろう。やはり美世とは比べ物にならないほど、その姿は立派だ。

美世は何もできない自分が情けなく、呆れて、落ち込むほかなかった。

「それで、美世ちゃん。薫子ちゃんの話は聞いたから、今度はあなたの話を聞かせてもらうわよ」

空気の重さを振り切るように、葉月が上機嫌で美世に向き直る。

矛先が急に自分に向かってきて、美世は慌てた。

「わ、わたしの話ですか？」

「そうよ。薫子ちゃんはもう潰れちゃっているし、次の酒の肴はあなたしかいないでしょう」

堂々と人の恋愛話を酒の肴扱いする義姉に絶句する。

期待に添えないのは心苦しいが、美世には話せることは何もない。……と、断ろうとしたものの。

「で、我が愚弟とはどこまで進んだの？」

葉月に先手を打たれてしまった。

しかも、どこまで進んだか——とは。

「す、すすす進んだ、なんて、あの、そんな」

つい葉月の言葉に乗って清霞との、心当たりあるあれやこれやを思い出し、動揺する。

「手は繫いだでしょ。抱き合ったりもしているわよね。じゃあ、その次っていうと——」

「や、いえ、それは」

これ以上は言わせてはならない。美世の脳内で警鐘が鳴り響く。

けれども、美世に葉月の口を止めることなどできるはずもない。

美世の将来の義姉は、いやらしさと美しさと愉快さを足して三で割ったような表情で、ふふふ、と笑う。

「口づけかしら？」

ぼん、と火薬の爆ぜる幻聴が聞こえた気がして、美世は顔から火が出そうになった。

「あら……意外とやるわね～。あの朴念仁ぶりで」

思いきり茶化され、もう葉月と目を合わせられない。両手で顔を覆ってうつむく。

今頃きっと、清霞もくしゃみをしているに違いない。

「なるほど、人は見かけによらぬな」

堯人もなぜか、うんうんとうなずいている。ゆり江は「まあまあ」と口元に手を遣っていた。きっと、その手の下には笑みが浮かんでいることだろう。

「ほほほ、初々しくていいわよ。美世ちゃん。私たちにもそんなときがあったわ」

「あったな」

「ありましたねえ」

年長の三人は訳知り顔だ。

美世はそこではたと気がついた。

そういえば、堯人は妻子持ちである。確か、奥方は由緒正しき華族令嬢で、二人の婚姻は国と皇族によって設けられた縁談だったと記憶している。

葉月とゆり江は、言わずもがな。

この状況を覆しようがない、と悟った美世は、大人しく自身の運命を受け入れた。

四人でなんとはない会話をし、飲み食いしているうちに夜が更ける。

日々の日程が細かく決まっており、多忙な堯人が席を辞すると、目覚めて少し酔いがさめた薫子も、寝ぼけ眼で術を打ち切った。

一気に静かになった室内には、美世と葉月、ゆり江の三人だけ。

こうしていると、普段通りのようにも感じられ、しかし場所が場所だけにいつもとはどこか違う雰囲気が漂う。

「美世ちゃん。……訊いても、いいかしら」

散らかした猪口や徳利、皿などを片付けながら、呟いたのは葉月だった。

「はい」

「清霞のことを、どう思っている？」

ぴたり、と皿を持った手が止まる。

最初に浮かんだのは、やはり、という気持ちだった。葉月もゆり江も、美世の中で確かに何かが変わったことを敏感に感じ取っているのは明白だ。

たぶん、葉月がこの場を設けたのは、自惚れでなければ、美世の悩みを見抜いていたからであろう。

少しでも美世が話しやすくなるようにという、温かな心遣いに違いない。

（でも……）

問いの答えを、どうしても口にできない。

自分でも、わかっている。

以前までなら「どう思っているか」と訊かれたら、答えは決まっていた。——優しくて、ずっと一緒にいたい、大好きな婚約者、だ。

けれど、今はただ、好き、と口にしただけで違う意味を含んだ響きになってしまいそうな予感がしている。

だから、美世は逃れようとした。

「わたしは、旦那さまが大切です。許されるかぎり、一生離れたくないと……そう、思います」

「美世ちゃん」

そういうことを訊いているのではない、と言いたげな、真剣そのものの葉月の眼差しを見返せない。

後ろめたい。

全部、わかっていて誤魔化したから。自分の気持ちも、葉月の質問の意図も。

「答えたくないなら、答えなくてもいいわ。無理強いはしない。でも、何があなたをそこまで頑なにさせるのかしら？　何も、躊躇うことはないでしょう。あなたの気持ちがどうであれ、清霞なら受け止めると思うわよ」

「それは……」

——怖い。

この感情によって、何かが変わってしまうかもしれないこと。美世が幸せになる一方で、誰かを不幸にしてしまうかもしれないことが。

臆病だと言われても、簡単に打ち明けることはできない。

このまま何事もなく時間が経(た)てば、そのうち清霞とは夫婦になれる。一緒にいられる。それ以上の何かなんて、望まない。だというのに、気持ちを明かす必要があるだろうか。

呼吸が、震える。

鼻の奥がつんと痛くて、心の中はどうしたらいいかわからず、ぐちゃぐちゃだ。

「わたしは……嫌なんです。変わってしまうのが」

人を愛すると、それしか見えなくなりそうで。例えば、父に執着した、継母(ままはは)のように。

親愛なら、たくさんの人に向けることができる。

現に美世は、葉月もゆり江も、薄刃の祖父や新(あらた)や——身の回りの、親しい人たち皆が好きだし、穏やかな親愛の情を抱いている。

けれど、恋愛感情は違う。

燃え上がるように、感情すべてを呑(の)み込んでしまうほど激しい、欲望だ。

斎森の実家の人々のようにはなりたくないのに。そうならない保証がどこにもない。

一度言葉に出してしまったら……自分を見てほしい、自分だけを見つめていてほしいと。もっと、もっとと際限がなくなってしまうかもしれない。

想像したら、背筋が凍る。

「美世ちゃん……」

「旦那さまと、ずっと一緒に静かに暮らしていけるなら、わたしはそれだけで幸せです。二人だけで通じ合う気持ちなんて、いりません」

声も視界も、たゆんで、揺れる。ぬるい雫がいっぱいに溢れて、目から零れた。

そっと、葉月の温かな腕に抱きしめられる。彼女の胸に顔を埋めて、泣いた。

「ごめんね。苦しめるつもりはなかったの。……そうよね、怖いわよね」

優しく頭を撫でられると、また涙が溢れた。

ふとした瞬間に自分の人生を振り返れば、ますます気持ちを口にできなくなった。

薫子に対して抱いた嫉みが、彼女の向けてきた妬みが、美世を我に返らせる。

どんなに実家での記憶をよみがえらせ、「ああいうふうにはなりたくない」と願っても、同じことをしてしまいそうな自分を自覚して。

偉そうに恋敵を諭しておきながら、美世自身が嫉妬に踊らされて誰かを傷つけないと、なぜ言えようか。

親愛のままなら、誰も傷つけない。寂しさを感じることはあっても、誰かを独占したいとは思わないから。

だから、親愛や敬愛や――家族愛のままだったら、よかったのに。

こんなに迷うことも悩むこともない、今この時も胸から溢れそうな想いに気づく前に、戻りたい。

（わたしは、愚かだった。知らなければ、なんとでも言えるのだもの）

目頭の熱さをうつむいて隠し、嗚咽を押し殺す。

本当なら、美世に泣く資格などない。清霞の隣に立ちたかった女性なら、たくさんいるのだから。

「ごめん、なさい……急に、泣いたりして」

しゃくり上げるのをこらえながら、美世は葉月に詫びた。

葉月の疑問はもっともなものだ。美世が中途半端をしているから、優しく気遣い屋の彼女が心配するのも当たり前だった。

そして、その疑問にまともな答えを返せない美世は、叱られても仕方ないのに。

けれど、葉月は美世の謝罪に首を横に振る。

「いいの。私こそ、ごめんなさい。個人的なことに首を突っ込みすぎたわね。焦っていたみたい。――ただ、これは言わせて」

「はい」

少し低くなった声音に真剣さを感じとり、葉月の顔をぐしゃぐしゃに濡れた目で見上げる。

「気持ちを告げるか告げないかは、あなた次第よ。でもね、私は告げて後悔するのと、告げないで後悔するのとでは、後者のほうがより心残りになると思うわ」

「…………」

「私は告げないで後悔したほうだから。もう、時機を逸してしまってどうしようもなくなってしまったわ。意地を張っているだけともいうけれどね」

どこか寂しそうな葉月の表情が、胸に苦しい。

「人を傷つけてしまうのは怖いわよね。……だったら、こう考えるのはどうかしら。あなたはこのまま、現状維持をしていれば誰も傷つかずに済むと思っているのよね」

はい、とも、いいえ、とも答えられない。気持ちを口にできないのは、すなわちそういうことなのだろう。

沈黙を肯定ととって、葉月は続ける。

「確かに、あなたの心があなただけのものなら、そうかもしれない。でも、私はあなたがあなたの正直な想いを告げないことで、傷つく人間をひとり知っているわ」

「え？」

そんなはずはない、と無意識に見開いた目に、葉月の微笑み(ほほえみ)が映った。

「あなたのことが大好きな、あなたの婚約者は傷つくんじゃないかしら？」

「あ……」

婚約者の、清霞の微笑みが、脳裏をよぎる。

美世が想いを告げないことで、清霞が傷つく――出会ったばかりの頃なら、決して信じなかった。

でも今、思い出すのは美世をいつでも特別扱いしてくれる彼の姿ばかりだ。

彼にとって、美世が特別であると、信じてもいいのかもしれない。美世にとって、もう疑いようのないほど、彼がそうなったように。

だとしたら、清霞の望みは？　美世が心の内を明かさないせいで、清霞は傷ついてしまうのだろうか。

（わからない。けれど）

気づけば、すでに涙は止まっていた。

「少し……考える時間を、ください」

絞りだした美世の答えは、安堵とともに葉月の美しい顔を綻ばせた。

「ええ、もちろんよ。たくさん考えて、あなたが幸せになれる道を探してちょうだい。私もゆり江も、応援するわ」

ね、と葉月に訊ねられたゆり江も、微笑んでうなずきを返した。

自分は、なんと恵まれているだろう。

悩んで、迷って、何もできないのに。こうして喜んで支えてくれる人たちがいる。それだけで幸せすぎるほど幸せだと、美世は胸に生まれるぬくもりを噛みしめた。

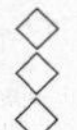

澄んだ冬空は橙から紫へと移り変わり、地上を凍えそうな冷気が漂う黄昏時。

美世たちが宮城に滞在するようになってから、もう五日目が終わろうとしている。

すっかり暗くなった寒空の下、堯人の宮の玄関から美世はまた仕事に向かう婚約者の背を見送っていた。

毎日、何かと時間をとっては顔を見せにくる清霞。時刻はいつもまちまちであるが、今日はやや早めの夕食をともにすることができた。

けれど、こうして元気な姿を見ればひとまずは安心できるものの、不安がつきることはない。

「旦那さま。お身体はなんともありませんか」

「ああ。問題ない。そんなに何度も確認しなくとも……」

もう何度も繰り返した問答に、清霞はわずかに苦笑を浮かべている。

「でも、心配なんです」

美世や堯人を守るため、矢面に立っているのは清霞たちであるし、依然として、帝国内では政府や軍に対する不信の声が上がっているという。

四六時中、異能心教を警戒しているのも、世間から非難されるのも、肉体的にも精神的にも相当な緊張を伴うだろう。

心配するなというほうが、無理な話だ。

美世は腕に抱えた襟巻きを、そっと清霞の首にかける。

わずかに瞠目した清霞は、巻かれた襟巻きに手をやってから目元をやわらげ、優しく微笑んだ。

「異能者の身体は普通よりも頑強だからな。このくらいなんともない」

「いくら異能者が強くとも、傷つくときは傷つきます」

異能者だって、感情がないわけでもなければ、不死身なわけでもない。

常時気を張り、人から非難を受ければ心は疲弊し、もし任務中に怪我をすればそれが元で命を落としすらする。

ちょっとした心身の疲れが体調を崩す原因にだって、なるのだ。

「わたしはもう、旦那さまが倒れた姿を二度と見たくありません」

「……私が倒れたことなどあったか？」

視線を斜め上に向け、とぼける清霞に美世はむ、と眉根を寄せた。

「ありました。忘れてしまったのですか」

「冗談だ」

もう、と腹を立てる美世に笑い、清霞は対異特務小隊の陣地へ戻っていく。

脳裏によみがえる、清霞が倒れた姿。夏に部下を庇い、目覚めなくなった清霞を見たあの時は、とてもおそろしくて泣きそうになったのを、一度だって忘れたことがない。

大切な人を失う恐怖。早くに実の母を亡くした美世がはっきりとそれを味わったのは、あれが初めてだった。

実家で暮らしていた際、花がいなくなってしまったときも喪失感で心が引き裂かれる思いをしたけれど、大切な人が目の前で命を失うかもしれない恐怖は、その比ではなかった。

（いいえ、今だったらもっと……）

清霞の背があっという間に消えてしまった先をぼんやりと見つめ、思う。

この大きく成長してしまった気持ちを抱えて、もし彼を失うような事態に陥ったら、自分でもどうなってしまうのか、想像がつかない。

けれど、きっと碌な結果にならないのを、美世は予感していた。

美世自身が、愛し合う者が強引に引き裂かれた苦しみや悲しみの末に被害をこうむったひとりなのだから。

「美世、早く中に入らないと冷えますよ」

「新さん……」

玄関口から顔を出して、新が声をかけてくる。

振り返った自分は、いったいどんな顔をしていたのだろうか。視線が交わった新は、わずかに息を呑んだ。

小さくため息をついてから、また穏やかな笑顔になった新が、美世のそばに寄ってくる。

「そんなに心配せずとも、久堂少佐なら平気でしょう」

「旦那さまにも、言われました」

「でしょうね。少佐に敵う人間なんて、この世にそうそういませんから」

「でも、甘水直というあの方には……それは通用しないのでしょう？」

薄刃やその分家である甘水の異能は、異能者に効く。いくら強い清霞でも、例外ではない。

それに、甘水の異能はそんな薄刃や甘水の異能を持つ者の中でも、強力だ。もし甘水と遭遇してしまったら、清霞でも無事では済まないだろう。

薄刃の異能についても、いくらか学んできた今の美世には、よくわかる。

新は静かな眼差しで美世を見下ろす。彼の瞳に浮かぶ色は、夜の闇にまぎれて上手く読み取れなかった。

「そうかもしれないし、そうじゃないかもしれませんよ」

「え？」

曖昧な答えだった。あまり、新らしくない。

「知っていますか。異能は思いの強さで、強くなったり、弱くなったりすることもあるそうです」

「思いの強さで？」

そんな話は、今までの講義では出てこなかった。しかも、思いの強さなど、なんとも漠然としているではないか。

新はやや眉尻を下げ、肩をすくめてみせる。

「あくまで、そういうこともあるらしいって話ですが。少なくとも、俺は思いなんかで異能の強さが左右された実感があったことはありません」

どうやら、明確にそういった現象が観測されるわけではないらしい。

けれど、思い返してみれば、美世も清霞を救いたい一心で、初めての異能の行使に成功した。

「でも、ありうると考えているのではないですか？」

でなければ、ああいった返答はしないはずだ。

「……どう、なんでしょうね。あってほしいような、あってほしくないような気持ちですが。もしあったら――」

新はいったん言葉を切り、ふ、と息を吐いた。

「あったらもっと、違う結果になっていた気がします」

よくわからず、美世は新を見上げる。しかしそれきり、新が何かを口にすることはなかった。

なんとなく立ち話を続けているうちに、東のほうからみるみる夜の帳が下りてきて、紺の空には薄らと星が瞬き始める。

庭園は赤みがかった橙の夕陽に照らされてまだ明るい。一方で、玄関前から宮城内の他の宮や庁舎へと続く通りへ繋がる小道は、両側に常緑樹が林立し完全に闇が落ちて、吸い込まれそうなほどの暗さに満ちている。

沈黙の落ちた二人の間に、ふと、エンジン音が鳴った。

闇に覆われた小道の向こうから、煌々と光る人工光がおぼろげに揺れながら、だんだんとこちらに向かってくる。

「あら……あの自動車は」

二つの前照灯を点灯した自動車が、砂利を踏み、ゆっくりと小道を抜けて迫っていた。中に誰が乗っているのか、暗くてよく見えない。

美世と新の前をあからさまに低速で走る自動車。清霞のものかと思ったが、形状が少々異なる。では、別の知り合いだろうか、と考えてみても心当たりはない。

「あれは、たぶん大臣の誰かの公用車ですね」

「大臣……」

「確か今日も、堯人さまも親臨されて前殿で会議を開いていたはずですから」

だとしてもおかしい。公の場である前殿も、帝の私的な住まいである奥殿も、堯人の宮とは距離があり、出口とは反対方向のこの付近を通ることはないからだ。

美世たちが不審な自動車に警戒し始めた頃、自動車は停車し、中から降りてきたスーツ姿の男性二人がこちらに近づいてきた。

ひとりはいかにも裕福そうな——仕立ての良い三つ揃いのスーツで豊満な身体を包んだ、髭面の中年男性。もうひとりはまだ三十代くらいの中肉中背、実に特徴の薄い顔立ちをした男性で、それなりに良い身なりではあるが、もう一方の男性に比べると劣る。

「どうもすみません。いや、宮城はなんとも広いですな。おかげで道に迷ってしまいました」

にこやかに口を開いたのは、若いほうの男だった。

新はすかさず美世を背に庇い、二人の男と相対する。

「失礼ですが、あなた方は文部大臣閣下とその秘書官殿とお見受けします。いったい、堯人殿下の私邸に何用でしょうか」

「ですから迷ってしまったので、道をうかがおうと思ったのですよ」

若いほうの男——文部相秘書は、悪びれもせずに言う。

迷ったなどと、美世でもわかる真っ赤な嘘である。年末からこちら、何度も会議で宮城を訪れている大臣とその秘書が、今さら道になど迷うわけがない。

（もしかして……？）

怯えた様子を見せてはいけないと思っても、いざ襲われるかもしれないとなると指先から血の気を失い、手が冷たくなっていく。

清霞はもう対異特務小隊の陣に戻ってしまった。

だが、帝の宮殿からここまで来るにはその陣の近くを通らねばならないので、清霞たちが事態に気づくのにそうかからないはずである。

「迷うなど、ありえないでしょう」

「曲がり角をひとつ間違えたのですよ。そのくらい、誰にだってあるではありませんか」

刺々しい新の指摘にも、秘書官はどこ吹く風である。

そんな秘書を注意するでもなく、文部相がじろじろと美世と新を眺めてから鼻で笑う。

「……はっ。わざわざ殿下が守るなどとおっしゃる異能者がどれほどのものかと思えば、ただの若造と貧相な娘ではないか」

美世も新も、今さらこの程度の侮辱で腹を立てる性質ではない。

しかし、口髭を撫でながら言う大臣の姿はいかにも居丈高で、気分は良くない。

「わざわざそんな若造と娘を視界に入れられる必要はないでしょう。ここで迂回して来た道を戻られれば、直ちにご帰宅できますよ」

新の慇懃無礼ともいえる物言いに、大臣と秘書官は不愉快そうに眉を寄せる。

「どうやら目上の者への口の利き方も知らんらしいな。まったく救いようがない」

「そうおっしゃられましても、あいにく現在、厳戒態勢を敷いているのは閣下もご存じでしょう。警戒の対象となるのは閣下も同様です。例外はありません」

なおも新は怒りを抑えた声音で冷静に突っ撥ねるが、それが大臣の気に障ったらしかった。

「我々のような、非力な人間にそこまで警戒するなら異能者も大したことがないと見える。異能などと法螺を吹き、実際は超常的な能力など使えんのだろう？　だから子兎のように怯えるしかないのではないかね」

あからさまな挑発だ。

仮にも一国の大臣職を務める者が、このような言動を許されていてよいものか。

美世は今まで、清霞や堯人、薄刃家の面々といった自身の役割と責任に殉じ、高潔な生き方をしている人々を身近に見てきた。

彼らと比べると、目の前の男はとても重い責任を負う立場の者には思えない。

心内の恐怖と憤慨の中に、少しばかりの呆れと失望が滲んだ気がした。

「……お引き取りください」

問答に付き合う必要性すら感じなくなったのか、新が端的に返す。

「閣下、こやつら、本当に異能など持たないのでは。だからこれほどまでに我々を追い返そうとするのですよ。後ろ暗いことがあるに違いありません」

「ははは。確かにな。——自分らが重んじられて当然の異能者だと主張するなら、その証拠を見せてみよ。できるのだろう？」

重んじられて当然などと、誰も思っていない。

堯人や美世が守られているのは異能心教から狙われているからであって、異能者が大切にされるのが当然だからではないのだ。

国政に携わっていながら本気で言っているのなら、物の道理がわかっていないどころではない。

美世はどう反応すればいいかわからず、困惑して新の顔を見上げる。

「そのような挑発をされても、しませんよ。無意味ですし、ともすればこちらには不利益にしかなりません」

新とて、二人の言い草にまったく腹が立たないわけではないはずだ。

とはいえ、まさか堯人の住まいであるこの場で異能を使って騒ぎを起こすなど愚の骨頂。

どのような事情があるかは知らないが、こちらを挑発して異能を使わせようとする相手のほうが非常識であるのは、疑いようがない。

「生意気な……」

ぐ、と怯んだように大臣が悪態をつくのと同時、にわかにいくつかのエンジン音とタイヤが砂利を踏む音、そして大勢の人間が近づいてくる気配がした。

「初瀬部文部相！　何をしてらっしゃる」

急停車した自動車から血相を変えて降りてきた、スーツ姿の男性が真っ先に声を上げる。

美世は無意識に安堵の息を吐いた。

（あの方は、鷹倉さまね……）

彼については宮城に滞在することになった当日、簡単に紹介を受けている。後で清霞から聞いた話によると、鷹倉は宮中の関係者の中でも特に堯人の信用厚く、味方になってくれるという。

鷹倉の背後に、宮内大臣や宮内省の侍従たちも続くのが見える。

さらにその後ろには、対異特務小隊の面々——清霞の姿はなかったが、先頭には五道の姿があった。

「何とはなんだ。無礼ではないか、鷹倉内府」

「礼儀などこの際、関係ありません。いくら大臣といえど、この状況下、宮中で勝手な行動は謹んでいただきたい」

「勝手だと？　私の行動に指図するな！」

文部相は声を荒らげる。次いで、鋭い目で美世たちを睨んできた。

「だいたい！　そもそも最初にペテン師まがいの者たちを無断で宮中に招き入れるなどという勝手をしたのはそちらだろうが！」

「打診はしていたはずです」

「私は許可しておらぬ！」

鷹倉に反論され癇癪を起こしかけている文部相を、しかし止めに入ったのは意外にもその秘書官だった。

「ま、まあまあ、閣下。これ以上騒ぎになっても問題ですから、この場は堪えてください」

どうどう、と馬を宥めるように上司を押しとどめた秘書官と、一瞬だけ、美世は目が合った気がした。

（え……？）

わずかに肩を震わせてしまう。睨まれた、と感じたのは気のせいだろうか。

「美世。どうかしましたか」

「あ、いえ」

心配そうに振り向いた従兄に、美世は首を横に振った。

言い合いになったから、きっと秘書官も気が立っていたのだろう。ただでさえ、美世や新は薄刃の者だから、風当たりは他の異能者よりもさらに強い。

まして、文部大臣は異能者に否定的なようだったし、その秘書官もあの言動だったので異能者を嫌っているのかもしれない。だとしたら、睨まれるくらいは仕方ない。

「此度は申し訳ありませんでした。自分が道を誤ったせいでとんだ騒ぎになってしまいましたね」

秘書官は何事もなかったかのように、そうでなくともあれだけ大臣を煽っておきながら、厚顔な態度で新に向かい、謝罪を口にする。

「そんないい加減な謝罪はいりません。一刻も早く、お戻りください」

「いやはや。ご立腹はもっともですが、何卒ご容赦を」

言いつつ、秘書官は馴れ馴れしく新に近づき、その肩を軽く叩く。どう見ても、謝罪する者の態度ではなく、新が顔をしかめるのがわかる。

二人のすれ違いざま、秘書官の唇がわずかに動く。

「――お役目、ゆめゆめ忘れるべからず」

刹那、新は瞠目し、軽く唇を嚙む。

微かな囁きは、新以外の何者の耳にも届くことなく消え、美世も、その内容を知る由はなかった。

秘書官と大臣は、大勢から迷惑そうな視線を受けつつ、自らの公用車へ戻っていく。

「すみません、遅くなって。美世さん、怪我はないですか」

五道がすまなそうな顔で寄ってきた。

「五道さん……。はい」

新に庇われていたし、美世が怪我をするようなことは何もなかった。そう答えれば、五道は「よかった」と心底安堵した様子を見せる。

「ちょうど隊長は直に前衛に向かったところで。今頃は知らせを受けとっているはずなので、すぐ来ると思いますけど……すみません」

「大丈夫です。ありがとうございます。こちらこそ、皆さまのお手を煩わせてしまって申し訳ありません」

頭を下げると、新がなぜか不機嫌そうに冷たい微笑みを浮かべる。

「美世、謝る必要はありませんよ。彼らの失態なのは間違いないです。大臣閣下たちはどうやら違うようですが、彼らがもし甘水の扮した姿だったらもうとっくに手遅れになっていますから」

「いやあ……もう、おっしゃる通りで……」

話している間に、文部相と秘書官が乗りつけた自動車が、ことさらエンジン音を轟かせて走り去った。

そして、その理知的な容貌に、げっそりと沈んだ雰囲気を纏った鷹倉も加わってくる。

「大変ご迷惑をおかけしました」

「とりあえず何も被害はありませんでしたが、二度と同じことのないようにしていただきたいですね。……難しい立場も、わからないわけではないですが」

新は鷹倉にも手厳しい。

詳しくは知らないが、政府も一枚岩ではないようだ。

帝の代理を務める堯人に不信感を抱く者や、天啓という一般には不可解な力でもって統治者が決められる現状に疑問を持つ者もいるという。

これらの勢力と戦いながら、堯人はずっと帝の代わりをしていたけれど、此度の美世たちを宮城に招き入れた件で、彼に対するそういった不満や不信が噴出した状態らしい。

文部相も、そういった不満を持つひとりなのだろうと、美世は想像する。

「それは、もちろん。堯人さまの側近の名に懸けて、再発防止に努めます」

「お願いします」

大臣たちが何のためにやってきたのかは、結局わからずじまいだ。

だが、このままあと少なくとも十日ほどの期間、無事に済むか不安になるには十分だった。

「……あの方たちは、いったい何の用があったのでしょう」

美世は首を傾げて独り言ちる。

大臣やその秘書が道に迷うなぞありえないのだから、何か別の用があったはずなのだ。

「さて。知りませんが、俺たちの様子でも見に来たのですかね」

「わ、わざわざ、ですか?」

「よほど暇なんでしょうね、政府は」

新の口調は、皮肉っぽく、刺々しい。

(なんだか、おかしいわ)

口元にはいつも通りの柔らかな、人好きのする笑みを浮かべているものの、先ほどからの言動は新らしからぬ、妙な攻撃性を含んでいるように感じる。

「新さん」

「なんですか。美世」

美世が呼べば、やはり普段と変わらぬ、毒気のない従兄の態度だ。

しかし、ずっと違和感はある。確かめるべきかもしれない、と思った。

「あの、大丈夫……ですか」

気の利いた質問は出てこない。

なんと訊ねるべきか、なんと訊ねれば新は正直に答えるか。咄嗟に考えつかず、なんとも漠然とした聞き方をしてしまった己に、がっかりする。

「何についてかはわかりませんが、大丈夫ですよ」

「そ、あ、ええと。そうではなくて」

「なくて？」

「その、何か悩み、とか、困ったこと、とか」

目を泳がせ、たどたどしく話す美世に、新は軽く笑声を漏らした。

「はは。心配ないですよ。ああ、でも、困ったことはありますね」

「え!?」

打ち明けてくれるのだろうか、と期待して、勢いよく新を見上げる。

しかし、この、いろいろと取り繕うのが上手な従兄に、そう簡単にはいかない。

「君が、すぐに厄介ごとに巻き込まれるので、ちっとも目を離せなくて困ります」

そういうことを聞きたかったのでもない。とはいえ、否定しようにもまったくの図星で、ある。

どうしようもない。

婚約者の清霞だけでなく、従兄の新にも、日頃からずいぶんと心配をかけている自覚は

「——ただ」

頭上からこぼれてきたのは、新の低い呟きだった。

「俺も、永遠には君を守れないので」

寂しげで、儚い言葉が突き刺さる。

よく考えれば、当然のことだ。親戚ではあるが、一緒に暮らしているわけでもない新に一生護衛をしてもらえるわけではないし、その必要はさすがにない。

至極当たり前のことだというのに、こんなにもそのひと言が引っかかるのは、なぜだろう。

「新さん……？」

「でももし俺がいなくても、今の美世なら平気かもしれませんね」

「そんなこと……」

平気だなんて、そんなわけがない。本当に平気なら、なんだかんだと意識している清霞があえて美世のそばに新を置きはしない。

有無を言わせぬ圧を内包して、新は美世を見下ろしもせず、続ける。

「君もだいぶ、強くなっていますし。久堂少佐もいますし」

「いいえ。強くなんて」

「強いですよ。だから、きっとそう遠くない未来では、こうしてともに過ごすこともなくなるんでしょうね」

隣にいるのに、新の存在をひどく遠くに感じる。

会話を交わしているのに、今の彼には何も響いていない気がしてしまう。その理由は、見当もつかない。

「すみません。俺が美世を困らせてしまった」

気を取り直した様子で、眉尻を下げて笑む新の真意を汲み(く)とるのは、美世には難しすぎた。

「いえ……新さんが困っていないなら、わたしは」

「俺はいつもと変わりません。ただ、どうにも苛立(いらだ)っていたようです」

新の本心が、わからない。彼が何を思っているのか、理解しようとしても、すぐに高い壁で遮られている気分だった。

美世は、混乱していた。

否、呆気にとられ、まともな思考ができなくなっているといったほうが正しいか。

「……わたしのお布団って、こんな形でしたっけ……」

今、美世と清霞の目の前には、綺麗に敷かれた大きな布団が一組と――なぜか、枕が並んで二つ鎮座しており、異様な存在感を放っていた。

「いや、知らないが。普段から枕を二つ使っているわけではないのなら、違うのではないか」

傍らの清霞も、どこか途方に暮れた様子で呟く。

夕方の事件から数刻。

あのあと、息を切らせて戻ってきた清霞に、さんざん異常がないか確認され、いくら問題ないと伝えても聞く耳を持ってもらえなかった。

加えて、

『美世ちゃん！　平気だった？　変なことされなかった？　もう私、美世ちゃんの身に何か大変なことが起きたって聞いたから、心配で心配で……！』

と、わずかに涙ぐみさえしながら、よかった、よかった、と義姉がやや大袈裟(おおげさ)に繰り返すものだから、ゆり江にもそれが伝播(でんぱ)し、ひどい騒ぎになった。

さらに、美世を案じた葉月とゆり江が、清霞に対し、しばらく堯人の宮に居残るようにときつく言い含めるなどし、二人きりでゆっくりせよと厳命された。

清霞は、このところ働き詰めである。野営同然で、この寒空に天幕で寝泊まりする有様(ありさま)では、さすがに疲れているだろう。

どうせなら美世の護衛を口実に、しばしのんびりと休んだらどうか、となったのは、自然な流れだったとはずである。

（お、おかしいところは何もなかったわよ……ね）

清霞に向かって、さあ休め、さあ、さあ、と葉月とゆり江の押しは強かったが、それはだいたいいつものことだ。

清霞も美世も、あの二人の提案には否やを言いづらく、押し切られるのも普段通りで、何も不自然なところはなかったはずである。

しかし、どうしたわけか。

美世が入浴を済ませ「部屋まで送る」という婚約者の言葉に甘えて、二人で美世にあてがわれた部屋に戻ったところ中はすっかり片付けられ、前述のような有様に早変わりしていたのだ。

もちろん、この部屋でこのような怪奇現象に見舞われたのは、今回が初めてである。

（いつの間にか、新さんもいなくなっていたし……）

美世が浴室へ入る直前までは護衛としてそばにいたはずの新の姿も消えている。また、襖を隔てた先の一間を使っているゆり江の気配も今はなく、無人のように感じられた。

これは、なんだか、妙に既視感のある光景に思えてならない。

「嵌められたな」

「……や、やっぱり」

怪奇現象、で片付けるのには無理がありそうだ。

だが、葉月とゆり江は、美世の悩みと真摯に向き合い、理解してくれたはずで、このような強硬手段に出るとは考えにくい。

それに、清霞と二人で休むようにと言っただけで、一緒に寝ろというようなことはほのめかしていなかった。

であれば、このような状況を作り出したのは。

「姉の仕業……ではないな。あれでもまだ三十路前の淑女だ。こういった下世話な真似はしない。とすると、堯人さまか」

うんざりとかぶりを振る清霞は、ぞんざいに言い放つ。

（久堂家の別邸に行ったときとほとんど同じ状況だわ……）

ただ、あのときと違うこともある。

「はあ。堯人さまの仕業では、私の寝床は他に用意してはもらえんだろうな」

ここが久堂家の屋敷ではなく他所の宅であり、すべては堯人の手の上であるということ。

つまり、部屋を分けてくれと頼んでも、すべては堯人の裁量次第であるということだ。

事態は深刻、美世と清霞は現状を打破する術を奪われているに等しい。

「まったく、こんなに大きな布団をいったいどこから持ってきたのだか」

「…………」

「気を遣うといえば聞こえはいいが……大の大人、しかも皇太子のすることか、これが」

心なしか口数多めに、清霞は呆れかえった様子で、額を押さえる。

一方、美世はその場で固まるしかない。

（わたし……だ、旦那さまと寝るの？　ほ、本当に？）

美世と清霞は同居こそしているが、まだ婚約者同士であって夫婦ではない。

それなのに同じ布団で寝るなどと、早すぎやしないか。いや、絶対に早いしおかしい。

「美世」

「は、はいっ」

動揺して、声の裏返った変な返事をしてしまう。

「仕方ない。寝るか」

言いながら、未だ軍服姿だった清霞は上着を脱ぎ、部屋の隅に置かれていた寝間着を手にとった。

結んでいた紫の髪紐がするりと解かれ、美しい薄茶の長髪が背に流れ落ちる。

「……美世、見られていると着替えにくいんだが」

清霞に躊躇いがちに言われ、呆然と立ち尽くしていた美世は我に返る。

着替え。そう、これから清霞は着替えるのだ。すなわち、このままここに立っていると彼の肌を目撃してしまうということで――。

「ご、ごめんなさい！」

叫ぶように謝り、慌てて廊下へ出てぴしゃり、と後ろ手に障子を閉める。

顔から火が出そうなほど、恥ずかしい。冬季の廊下は冷えるはずなのに、羽織を脱ぎたくなるくらい全身が熱くて、汗が噴き出しそうだった。

「私は見られても構わんのだが」

「わ、わたしは構います……！」

そもそも構わないとは。清霞は美世に着替えを見られたいのか。まさか露出狂の変態でもあるまいし、さすがに違うはず。

動転しすぎて、おかしな方向へと思考が突き進む。

微かな衣擦れの音が、やけに大きく響いているように感じられて、もはや聴覚の置き場がわからない。

「終わったぞ」

一瞬にも、永遠にも感じられる時間が過ぎ、内側から障子が開く。

「冷えるから早く入れ。追い出すようになって悪かった」

「はい……」

部屋の中は明るい。恥ずかしさから耳まで真っ赤になり、瞳を潤ませた顔を見られたくなくて、美世はうつむきがちに部屋に戻る。

冷えた空気の中、上気した身体から湯気が上がっていやしないかと、心配で美世は逃げ出したくなってくる。

おそるおそる視線を上げてみて、後悔した。

清霞の寝間着姿など、毎日のように目にしているはずで特段珍しいものでも、動揺するようなものでもなかったはずなのに。

これから寝床を共にするのだと考えたら、やけに薄い寝間着に身を包んだ清霞が艶めかしく思えた。

「美世、お前は布団を使え」

「え?」

頭が沸騰しきっていた美世は、婚約者の言葉に首を傾げる。

布団を使え。それではまるで、清霞が布団を使わないように聞こえる。

「さすがに、同じ布団で並んで寝るとなればお前の気が休まらないだろう」

「で、でも……旦那さまは」

「私はいい。眠らなくともなんとかなるし、いざとなれば座ったままでも寝られる。安心しろ、そばについているから」

どうやら清霞は美世だけ布団に寝かせ、今夜一晩、自分は寝ずの番をするつもりらしい。

しかし、そんなことは到底、許しがたい。

「い、いけません。旦那さまがお布団を使ってください。せっかくゆっくり疲れをとる良い機会なのですから」

「そんなわけにはいかない。お前を放り出して、私だけ呑気に寝ることになるだろう」

「そのほうがいいと思います」

美世はどうせ明日も一日、ここに引きこもりっぱなしである。

けれど清霞は違う。常に気を張って、異能心教や甘水の襲撃に備えているし、ずっと天幕で野営同然の生活をしている。満足に休めていないに違いない。

他の隊員は、五道でさえ、すでに交代で一両日の休みをとっているらしいのに、清霞にはそれもなかった。

せめて、こんなときくらいはちゃんと休んでほしい。

「冗談はよせ」

大きなため息とともに、清霞がぽすん、と美世の頭を軽く叩く。

もちろん痛くはなかったが、驚いて、恥ずかしがっていたことも忘れ、清霞の顔を見上げる。

「ひとりでぬくぬくと布団に包まって寝られるわけがないだろう。大人しく、言う通りにしておけ」

「……嫌です」

話が平行線になるとわかってはいても、つい口答えしてしまう。

だんだんと清霞がむっとしてきているのも、察せられるけれども。それでも、こればか

り は譲れない。

「旦那さまが、お布団を使ってくださらないと嫌です」

はっきりと言い切った美世に、清霞はとうとうあきらめたようだった。

「仕方ない。私は畳の上で寝る。お前は布団で寝ろ。これ以上は譲歩できん」

清霞は美世の答えを聞かず、さっと背を向けて、並んだ枕のひとつをとる。畳の上に寝転がろうとする彼の様子を見て、美世はほぼ無意識に動いていた。

「何をする」

追いすがるように、摑んだのは清霞の寝間着の袖。

まるで、指先の神経が剝き出しになってしまったみたいに、そこにばかり気がいきそうになる。

いったんは冷めた頰が、また熱くなってきた。

「あの、その……い、一緒に……」

限界だ。その先は、とても口にできない。恥ずかしい。はしたない。

手が震える。精一杯の勇気が伝わったか、どうか。

そっと、白くなるまで強く袖を握った指を、解かれる。

「わかった。堯人さまの策略に乗ってやるのも癪だが、一緒に寝るか」

ただ布団に入るだけなのに、どこかたどたどしく、二人は並んで横たわった。

(わたし、なんてことをしてしまったの……)

自分の心臓が、耳元で鳴っているような気がする。そのくらい、どくどくと強く、痛くなるくらい鼓動している。

どうしてあんな大胆な真似ができたのか、我ながら信じがたい。

美世と清霞は互いに布団の外側を向いて横になっている。

背中を、意識してしまって仕方ない。

ともすれば、ひどい心臓の高鳴りが、布団を通じて清霞に伝わってしまいそうで、苦しいほどの息遣いが聞こえてしまいそうで。

美世はできるだけ布団の端に寄って、小さく縮こまる。

こうして朝まで、息を殺してやりすごそうか。

美世がそう考えたとき、ふいに、清霞が口を開いた。

「……寝られないのか」

狸寝入りなどしても、すぐにばれる。

美世はできる限り声が震えないように注意して、「い、いいえ」と密やかに返事をする。

「寝られます。頑張って、寝ます」

でないと、きっと清霞も美世がちゃんと眠っているか気になって眠れないだろう。

目を閉じる。

なんとか意識を沈みこませようと躍起になるけれど、心臓の音はいつまでもうるさく、やけに背後の気配が気になってしまって、一向に眠気など訪れない。

これでは本当にただ、目を閉じているだけである。

すると、また清霞のぼそぼそとした声が聞こえた。

「眠れないんだろう」

「……はい」

観念して、今度は正直に答える。

自分から誘うような行動をしておいて、情けないかぎりだ。

布団に入りさえすれば、自然に眠気がやってきて清霞のことも気にならずに寝られるはず、とどこか楽観視していた自分を叱りたい。

「美世」

「は、はい……」

「眠れるようになるまで、少し話すか」

清霞は気を遣っているのだろうか。彼を休ませたくてあれだけ粘ったのに、この体たらくだと思うと、なんだか不甲斐なさで余計に居たたまれない。

でも一方で、こうして二人きり、なんの雑音もない場所で話せることが、うれしい。

「なんの、話をするのですか」

「……お前は、なんの話がしたい」

最近の数日間は、ゆっくり話す時間がなかった。

清霞は忙しく、毎日会いに来てくれるけれど、食事をともにするくらいの時間しか一緒にいられない。

だから、話したいことがたくさんあった気がしていたのに。

いざとなると、どうにも思いつかない。

「では、睡魔が訪れるまでの間、互いにひとつずつ質問をし、それに答えていくのはどうだ」

「わかり、ました」

清霞に訊きたいこと。美世はじ、と暗がりに壁を見つめて考える。

けれど、当の質問より、清霞の唐突な提案のほうがどうも釈然としない。

質問し合おう、なんて。あまり、彼らしくない申し出のように思えてならない。だって、それではまるで、清霞が美世を知りたいと望んでいるようで。

美世が悶々とする一方で、清霞はさっそく問いを口にした。

「では、私から訊く。——ここへ来てから、何か困ったことや恐ろしかったことはあるか」

「いいえ」

美世は暗闇の中、清霞には見えていないとわかっていても、小さく首を横に振る。

「親切に心を砕いてくださる方ばかりで、いつも大切に守られていて……恵まれていると思った瞬間なら何度もありますけれど」

「そうか」

誰も彼もが美世を大切に守ってくれていて、その生活が脅かされぬようにと配慮を重ねてくれる。

だから困ったことも、恐ろしかったこともない。

強いて言えば、今日の夕方の件には肝を冷やした。もしあの大臣と秘書が甘水の手の者だったらと考えたら身が竦んで、震えが止まらなかった。

けれど、それでも。実家にいたときのような孤独感は微塵もなく、すっかり、新や駆けつけてくれた鷹倉、対異特務小隊の皆がいて安心だと甘えていた。

本当の意味での危機感など、なかった。

思い出すと、あまりにも自分が柔弱な童のごとき頼りなさで、決まりが悪い。

「はい。あの、ではわたしも。……旦那さまは、今までお仕事をつらく感じたことはありますか？」

居心地の悪さを押し隠し、美世は清霞に問う。

咄嗟にこれといった質問が思いつかず、自分がされたのと似たような問いになってしまう。

（で、でも、旦那さまのことなら何でも知りたいもの……）

内心で言い訳をしていると、清霞はあっさりと答える。

「職務自体をつらいと感じた経験はないな」

「一度も？」

聞き返してしまってから、美世は「質問をひとつずつ」という決まりを思い出して、両手で口を押さえる。

「あっ、ごめんなさい。二つも質問してしまいました」

声音から美世のしゅん、とした様子を察したのか、清霞は笑い含みに「いいさ」と応じた。

「そうだな、一度もない。いや、軍務の関係で、それなりに辛苦を感じるときもある。同僚や部下が傷つき、倒れたときなどは後悔もする。それでも、つらい役目であると思ったことはない」

「そう、ですか……」

清霞はさらりと言うけれど、きっと仕事の上で生じる苦痛は、肉体的にも精神的にも相当なものに違いない。

以前に聞いた、五道の父親のことも然り。親しい人が次々と倒れていくさまは、死にゆくさまは、そしてそれを救えなかったときの悔恨の深さは。

いったい、どれだけの痛みに耐えてきたのか、美世には想像もつかない。

「お前は、どうだ。私の婚約者になって後悔など、していないか」

またひとつ、問いが投げかけられる。

けれど、これに答えるのは美世にとって至極容易だった。

「まったく、していません。最初は妹の身代わりなのだと不安になりました。でも、いつしかそれも、消えていて」

「ならば、よかった」

夜の静寂に、声が吸い込まれて、消える。

微かな二人の息遣いだけが、しばらく宙を漂う。

「…………」

「…………」

わずかばかり、瞼が落ちそうになった。

だからだろうか。

半分、朦朧としたような頭で、踏み込んだことを訊いてみたくなったのは。

「旦那さまは、その、えっと」

ふわりと意識を包み込む眠気の中で、最後に残った理性と淑女としての嗜みが、唇の動きを躊躇わせる。

「なんだ」

素っ気なくも聞こえる相槌は、しかし奥に柔らかさを感じさせる。

「恋、という感情を――憶えたことはありますか」

気づけば、その問いを発していた。

一度口に出してしまうと不思議なもので、もう後戻りはできないのだと開き直ったような心持ちになった。

「……恋、か」

清霞の小さな呟きが、黒闇に落ちて、溶ける。

しばらく思案する気配のあと、ひとつひとつ、確かめるように話し始めた清霞の語調は訥々(とつとつ)としていた。

「正直、これやあれが恋、恋愛なのだと確信した覚えは特にない。私は誰かから向けられる感情にも己の感情にもあえて鈍感でいたのだと、今ならわかる。真面目に相対することから逃げていたと。だから、ない」

どこか、悔いたふうな語り口が意外で、美世は清霞に背を向けたまま息を呑(の)む。

しかし、当たり前かもしれない。

なぜなら、彼は優しく思いやりある、ちゃんと柔らかな部分を持った人物であるが、同時に不器用さも持ち合わせているからだ。

ゆえに、それは。

「旦那さまは、そうしてご自身を守っていたのですね」

美世が実家にいたとき、感情を顔に出さないようにしていたのと同じなのだ。

「そうなるか。ただ、不真面目だっただけだと思うが。だが、それならば。お前こそ、どうなのだ」

「え？」

再び微睡に身をゆだね始めた美世の意識が、少し浮上する。

「何かを恐れているのではないか。勘違いなら、別にいい。だが、悩んでいる何かが、お前の進む足を止める何かがあるのだろう」

「それは……」

勘づかれていると、悟った。

美世が口にしない、表には出していない想いに、清霞は勘づいている。そして、なぜそれを隠すのか、問われている。

美世は、答えあぐねる。

先に踏み込んだのは自分のほうだ。それに彼は真摯に応じてくれた。

だから、美世が有耶無耶に誤魔化すのは大いに憚られて、けれど、心は完全に怖気づき踏み出せない。

「――私は、頼りないか？」

そこはかとない、冷たさと脆さが滲む。

一瞬、呆然としてから、美世は慌てて否定した。

「ち、違います」

布団の端を、ぎゅ、と握る。

不安にさせているのだろうか。彼を、自分が。

『あなたのことが大好きな、あなたの婚約者は傷つくんじゃないかしら？』

ふと、葉月の言がよみがえった。

「違います……旦那さまが頼りないなんて、たったの一度だって、心をよぎったことさえありません」

清霞が頼りないわけじゃない。むしろ、頼りないのは美世自身。

己がいかに至らない人間か知っているから、信じられない。

勝手だとは、承知している。矛盾しているとも。だって、もう美世はこのどうしようもない想いに従って、清霞の婚約者の座に縋り、しがみついた。そうして、ここにいる。

誰かを不幸にするのは、耐えられない。

だから、永遠に今のまま温かな日々が続くなら、それだけあれば、燃え上がるような想いはいらない。

「美世」

「はい」

背後で、背中合わせだった清霞が寝返りを打ち、こちらを向く気配がした。

つられて、美世も振り返る。

暗闇にあってもその真剣なまなざしがはっきりと見えるほど、二人の距離は近い。

「私は、現状で満足はしない。もっと多くを手にしたいと望んでいる。できるなら、もっと深みに嵌まっていきたいとすら願う。他でもない、お前とだ」

つまり、清霞が、美世の心を欲しているという意味ではないか。

あまりの衝撃に息を詰まらせ、美世は絶句した。

「わたしは」

「お前はそれを、そんな私を浅ましいと思うか？　道を踏み外しているように感じるだろうか」

胸の内の葛藤を、見透かされているかのような投げかけだった。

されども、美世の心は石を投じられた水面のごとく揺らぐばかりで、ちっとも定まらない。

「……思いません」

目を伏せ、なんとかそれだけ返す。

ふいに清霞の白い指が伸びてきて、美世の頰をそっと撫でた。優しく触れるだけの指先はじんわりと温かく、冷えた頰に熱が染みる。

「すまない。私ばかり質問をしすぎたな」

困ったような、弱弱しい調子の謝罪。そうさせているのが己だと思うと、上手く言葉が出てこない。

美世はただ目を瞑(つぶ)り、黙ってかぶりを振る。

そうしているうちに、ゆっくりと意識は眠りに引き込まれていった。

四章　夢の中に在る過去

上空には灰色の雲が垂れ込め、外気はいっそう冷えて刺すような風が吹く。

未（いま）だ白い雪片が舞い始めてはいないが、いよいよ近いうちに天気が崩れるであろうとは誰の目にも明らかな、不穏な空模様であった。

帝国にて、最も貴き一族の住まう宮城（きゅうじょう）の敷地（しきち）内、宮内省や内大臣府の庁舎が設けられた一角にほど近い開けた場所に、前衛と呼ばれる対異特務小隊（たいいとくむしょうたい）の臨時の陣営がある。

設営から、早十日。

陣営に張られた天幕には、簡易な長机と椅子が数脚置かれ、常に隊員が複数で待機していた。

そして現在、天幕内では隊長の清霞（きよか）を含め数人が顔を突き合わせており、さらにもうひとりが加わったところであった。

「ああ、もう始まっていたんですか。早いんですね」

緊迫感など些（いささ）かも含まぬ、呑気（のんき）な声が響く。

姿を現したのは、鮮やかな原色が派手な着流し姿に、派手な柄の扇子を手の中で弄ぶ青年。

いつもながら放蕩な風体の辰石家当主、辰石一志である。

「……もっと早くこいよ」

「時間通りなんだからいいじゃない」

しかめ面で五道が苦言を呈するも、一志はわずかに肩をすくめてみせるばかりである。

もはや、こういったやりとりも見慣れた光景となりつつあり、とっくに叱るのをあきらめた清霞は、微かに息を落とすのみだ。

「こりゃァ、最初から説明したほうがいいんですかねェ。ひひっ」

ねっとりと纏わりつくような口調で言ったのは、以前、負傷した五道の治療に携わった治癒の異能を持つ医師、名を雲庵雀児という。

医師でありながら、数少ない異能者に関連した研究者としての一面も持つ彼は、清霞の母方の親類である。

「結論だけでいい」

清霞は素っ気なく返す。

雲庵とは古い付き合いだが、進んで付き合いたい人間ではない。それゆえ、いつも少々当たりが厳しくなってしまう。

当の本人が気にした様子もないので、特に変化することもなくそのままだ。

「あっそう。じゃ、結論だけ言いますけれどねェ、人に見える異形——あれはやっぱり一部、実体を持たせているようだよ」

実体と霊体。言い換えれば、肉体と魂、ともなる。

人や生き物は、肉体の中に魂を持つことでこの世に存在できる。

一方、従来の異形は霊体、つまり魂だけの存在と同じ。肉体を持たないため、生まれつき霊体を知覚できる異能者や見鬼の才を持つ者にしか視認できない。

（しかし異能心教は、見えないはずの異形を見えるようにしてみせた）

魂だけである異形を、一般人の目にも見えるようにする最も有力な方法は、実体を持たせること。西洋的な言い方をすれば、受肉、という単語とほぼ同義だ。

現に力が強く、人と変わらぬ自我を持つような高位の異形は、自由に実体を現したり消したりし人の世にまぎれて生活しているものもいる。

だが、異能心教のあれは違う。

どうやってか、力の弱い異形に実体を持たせ、多くの人の目に移すことに成功している。

仕組みとしては、以前、久堂家別邸の近くで遭遇した鬼に憑依された人間や鬼の血のときと同じであるようだ。

あのときは人間の肉体に鬼を憑依させて実体を持たせ、その血を鬼の血として抽出、異能心教の信徒へと投与し、人工的に異能者へと変えていた。

おそらく、今回の異形はさらにその発展形であろうと考えられる。

「中からこんなものが出てきましてねェ。はい、これ」

雲庵は飾りけのない、白い小皿を長机に置く。同時に、懐から舶来品とおぼしきルーペも並べて置いた。

「それで、この小皿の真ん中を見てみなァ」

ルーペを使うまでもない。雲庵が指さす小皿の中央を見れば、ごく小さな、幼子の小指の先ほどの大きさの、透明の球体が転がっているのが確認できた。

「まったく、小さすぎて見つけるのに苦労したんですよォ。それね、結界なのさァ」

「これが……!?」

五道が驚きの声を上げる。

雲庵はなぜかその反応に対し、満足げな気味の悪い笑みを浮かべた。

「いや、すごいよねェ。こんなに小さく、それでいて頑丈な結界は初めて見たよ。変態的だよねェ。よほど結界術と相性のいい、結界術に長けた術者が異能心教にはいるんだろうねェ」

どこか陶酔したような響きに、清霞は顔をしかめる。

術者が何者かは知らないが、雲庵には変態などと呼ばれたくないだろう。

ただ、結界術を行使した者の腕が立つのも確かだ。

清霞は結界の強度には一定の自負があるが、これほどまでに細かな結界を作れるかは、あまり自信がない。

「なるほど、すごいなあ。でも、どうやったらこれで異形に実体を持たせられるんだい？」

一志が訊ねれば、雲庵はよくぞ聞いてくれたと言わんばかりに、饒舌に語りだす。

「結界に限らず、異能や術は実体にも霊体にも効果があって、両方に効くということは、つまり両方を相互に結び付けられるというわけでしてねェ。その球体型結界の中には、人の爪の欠片が入っているのさァ。誰のものかは知りませんけどねェ」

「爪……」

言われてみれば、透明な球体の内側には何か異物が見え隠れする。

「中に爪の入った結界を、異形に埋め込む。すなわち、結界の内側は実体に作用し、外側は霊体に作用しているんだよねェ。すると、異形は結界ごと自身に埋め込まれた『人の爪』という生物的な実体に引きずられて、完全ではないけれど実体を持つ生命になる、というわけさァ」

異形がほんの一部でも実体を持てば、全員ではないにしろ、多くの人の目に映り、実際に触ることも可能となる。

やや複雑だが、論理はわかった。

(厄介だな)

霊体を滅するつもりで放った異能や術は、自然と実体には効きにくくなる。実体を持つ『よく見える異形』を滅するには、相手を霊体ではなく、実体と思って攻撃せねばならない。

だが、それも難しい。

異能者や術者は、それまでの経験から、異形は霊体だと無意識に刷り込まれている。異形と遭遇した瞬間に、咄嗟にそれが実体であると頭を切り替えるのは至難であり、そうして迷うことが隙となる。

ただし、種や仕掛けがわかれば、他にも対処法はある。

「ということは……埋め込まれた結界を解けば、異形の実体化も解ける？」

首を傾げた五道に、雲庵はうなずく。

「正解。そこで彼に来てもらったんですよねェ」

皆の視線が、一志に集中した。

「なるほど。結界は術だから、解術を専門にしているぼくの分野ってわけか」

一志は見鬼の才は持っているが、異能はほとんど使えない。その代わり解術を学び、それに特化した術者として異能者を支えている。

彼なりの、術者としての生存戦略といったところだ。

「結界を解きさえすれば、異形は実体化を保てなくなり、従来の、ただの見えない異形に戻る。あるいは、清霞君のように強い異能者なら、意識的に結界を力技で破壊してもいいし。頑丈な結界だけど、絶対に破れないってのはありえないからねェ」

強度の高い結界を力づくで壊すのは難しいし、ここまで精巧な結界では術の構造も複雑で、解術するにも相当な技術が必要になる。

それでも、異能者や術者にとって『相手は実体を持った異形である』と意識するよりは、『相手の正体は結界である』と思い込むほうが多少は楽だろう。

まあ、わかったところで、厄介には変わりないが。

清霞はすぐさま隊員たちの個人技能を思い起こし、上手(うま)く対処できそうな班の再編成を考える。

その隙に一志がそっと小皿に手を伸ばした。

「あ、本当に解けた」

音もなく球体はすうっと薄れて消え、ほんの細かな粉塵ほどしかない白い爪の欠片だけが、小皿の上に残った。

「おい！　お前、何を勝手に！」

「まあ、いいじゃない。これで解術がちゃんと有効なのがわかった。今度からはこうすればすぐに解決だよ」

一志の野放図な振る舞いを五道が指摘するも、当人は右から左に受け流し、平然としている。

清霞は自らの麾下とはいえ、一志に注意するのは断念し、五道に向き直った。

「五道。全隊員へ速やかに通達しろ。今後、一般人の目にも見え、異能の効きにくい異形に遭遇したら、解術を使えるものはそれで対処。そうでない場合には、力づくで結界の破壊を行うか、結界で捕獲せよと」

「了解しました！」

背筋を正した五道がうなずくのを確認し、今度は一志にも念押しをする。

「辰石。お前にも存分に働いてもらうぞ」

「わかってますよ。そのためのぼくですからね」

一志は軽薄な笑みを浮かべながらも了承するが、目を三角にした五道が噛みつく。

「辰石！　お前、絶対に隊長に迷惑かけるなよ。絶対だぞ」

どうにも、五道は一志を前にすると普段の軽さをいずこかへ忘れてくるようだ。

やたらと敵愾心を燃やさずとも、二人の実力を比べれば五道に軍配が上がるのだが、そういう問題ではないのかもしれない。

「はいはい。まったく、五道くんって本当に隊長大好きだよね。だから恋人のひとりもいないんじゃない」

「はあ!?　変なこと言うなよ」

「いいからさっさと行け。うるさい」

白熱しかける空気を清霞は強制的に断ち切り、配下二人を睨みつけた。

「……はーい」

五道は渋々と、一志はにやけ顔で天幕を出る。

外にはもう、湿気を帯びた風が吹き始めていた。

ぼんやりと、美世は瞼を押し上げた。

肌をかすめる緑の香りを乗せた薫風が、美世の長い黒髪を仄かに揺らして流れてゆく。

そろそろ馴染みとなってきた、古式ゆかしいとある木造の屋敷の庭の木陰。もう、ここがどこかはわかっている。

（過去の薄刃家……）

夢見の力によって見せられている、過去の真実だ。生前の母、澄美と甘水が会っていた場所と、その記録。

これは、過去のいつ頃だろうか。

何度か訪れるうち、時間がだんだんと進んでいるように感じたが、実際のところは定かでない。

屋敷の軒下に伸びた日陰に、若き日の澄美の姿が見てとれた。

鮮やかな朝顔の柄の紬を着、艶やかな黒髪を可愛らしい花飾りのついた簪で、少しだけ後ろ髪を残してまとめている。

いかにも少女然とした澄美は、軒下に立ち、どこか遠くのほうを眺めているように見えた。

いつも彼女のそばに寄り添う甘水は、今はいない。いないのに。

直感的に、思い至る。

――そうだ。前に同じように夢の中へ入り込んだときの違和感。

（いけない。早く、目覚めなきゃ）

木の幹に手をつくと、木肌のざらつきと硬さが生々しく伝わってくる。

このまま、ここにいてはいけない。意識の奥、本能の部分が警戒せよと告げている。

「待っていたよ。美世」

驚きで、急に冷水を浴びせられたように息を呑む。

傍らからかけられた声は、背筋が凍りそうなほど淡々とし、けれど、この上ない喜悦を含んでいるようにも聞こえた。

「あなたは……」

丸眼鏡の奥に光る瞳は、怖気の走る正気を失った色を宿している。書生風の出で立ちをして、現在よりも幾分若い風貌をしていても、その印象は変わらない。

甘水直、彼が明確に美世を認識し、呼んだのだ。

さっと血の気が引いた。

「そう身構える必要はない。何もしないし、どうせ、夢の中では誰も君に敵わないから何もできない」

真実かもしれないが、だからといって安心などできようはずがない。

美世や、美世の周囲の人々を傷つけてきた者を前にして警戒を解くのは、はっきり愚行である。

だが、根本的な問題として、現状はおかしい。

「どうして」

なぜ、夢の中の住人であるはずの甘水と、会話ができるのか。

夢に入り込むのは、夢見の異能の最大の特徴だ。唯一無二で、たとえ薄刃に連なる異能者であっても、美世のほかに使える者はいない。それをなぜ、この男が使えるのか。

呆然と呟いた美世に、甘水は口端を吊り上げる。

「君は今まで、実際にあった過去を夢に見ていると思っていたんだろう？　確かに夢見の力を使えば過去も未来も現在も見通せるという。しかし実は、この在りし日の薄刃家はぼくの夢の中でね」

「え……」

予想外の衝撃に、目を瞠る。

美世は今まで、このような夢を、現実に起きた出来事の追体験のような、単なる記録を眺めているようなものだと考えていた。

なぜなら、前に斎森家の過去を夢に見たときは、そうだった。あれは、何者の夢の中でもない。強いて言えば、美世は美世自身の夢の中で、過去を眺めていたのだ。

だから、この夢も同じだと思い込んでいた。

甘水は若い頃の姿で、目を細めて薄刃の屋敷を見遣った。

「澄美ちゃんと離れてからずっと、平和だったときの過去を夢に見なかった日はない。この記憶は事実、存在した過去を振り返っているぼくの見ている夢というわけだ」

「わたしが続けて見ていた薄刃家の夢は、全部……」

「ぼくの夢に、君が夢見の力で入り込んでいたのだよ」

では、前回抱いた違和感の正体は、それだったのだ。

（ただ、過去の絵や写真を見ているようなつもりだったけれど、そうではなかったのね）

中身のない、張りぼての人形劇と同じに思っていた過去の中に、実際には澄美を失い、異能心教を率いて帝国を乱そうとする、今の甘水の意識があったのだ。

あのとき、過去の傍観者でしかない美世が、夢の登場人物に気づかれるわけがないと断じたのが間違い。

甘水に会ってから時折見た薄刃家の過去は、すべて甘水の脳内に残っていた記憶が、夢となったものだったのだろう。

「誰かに覗(のぞ)き見(み)されているような、妙な違和感があったからもしやと思ったけれど、当たりだったようだね」

美世は一歩、二歩と後退し、距離をとる。

夢であるならば、仮に手出しされたとしても現実には害がない。けれど、嫌悪感がまさって、あまり近くにいたくない。

(すぐにでも、目覚めたいのに)

いつまで経(た)っても、夢の世界から現へと浮上する感覚はやってこない。異能者としての、己の技量の未熟さが歯がゆい。

逃げられないならば、仕方ない。

美世は腹をくくり、真(ま)っ直(す)ぐに甘水を見据えた。

少しでも多く甘水から情報を引き出そう。せめてこの好機を、清霞たちの働きに役立てたほうがいい。

せっかく、甘水の異能に怯(おび)えることなく言葉を交わせるのだから。

「……どうして、あのような、人を傷つけることをするのですか」

「人を傷つけることとは？」

甘水にも、美世の問答に付き合うつもりがあるらしい。

いつしか、日陰にあった若き日の澄美の姿は霧散しており、世界には美世と甘水の二人だけになっていた。

甘水は、先ほどまで澄美のいた軒下の日陰に入り込み、地面に腰を下ろした。

「人を異能者に変えたり、薫子さんのときみたいに人を騙したり。傷ついている人がたくさんいます」

「皆、自分で選択し、自ら招いた結果だ。傷ついたとしても、こちらに責任はない。君は人を転ばせた路傍の石に向かって『なぜ人を傷つけたのか』と糾弾するのかい」

「……しません」

返答に詰まって、美世はうつむく。弁舌では、勝ち目がない。

なにしろ、甘水は口八丁手八丁で人を欺き、ついには帝国の民の心まで摑もうとしているのだから。

早くも折れそうな気持ちを、なんとか立て直す。

「異能者を増やして、帝を連れ去って、そうして国を支配するなんて……間違っています。

何かを変えたいのなら、別の手段が――」

「なるほど、わかった。せっかくの機会だ。話しておこうか」

甘水は、言い募る美世を遮って制止する。

風が吹き、庭の木々が揺れて葉音を立てた。明るい日に照らされた、初夏の薄刃家の美しい光景。

美世と甘水の二人だけが、その美しい景色にそぐわない。

「ぼくはね、新しい世界を作りたいのさ。優れた者、異能者が先導する国を作り、ひいては世界へと広げたい」

新しい世界、と口内で繰り返す。

気に入らないものをすべて壊し、一から新たに築く。前回の夢で、甘水自身が言っていたことだ。

気に入らないものとは、甘水の思い通りにならない現在の帝国や、世界全体ということか。

「権力を欲しているのですか」

帝に取って代わり、己の好む国の形に変えたい。

甘水の口にする主張は、稚児が語る将来の展望のごとく、現実味がない大言壮語のように思える。

けれど、国はひとりの人間が弄んでよい玩具ではない。

「少し違う。権力はしかるべき人間が持つべきだ。そして、ぼくらにはそのしかるべき力がある」

地面の砂利を爪で引っ掻き、甘水は首を左右に振る。

「現状が間違っている。薄刃が、優れた異能者が世間に無視されるいわれはまったくないのに。現実はどうだ、誰も本当の強者を知らず、凡百の者たちが自分たちは優秀だと勘違いしたまま、我が物顔で権力を手にしている」

「…………」

「今の帝を頂点とした国の構造は、正しくない。天啓の異能など君の夢見の、薄刃の異能の足元にも及ばないし、彼らは己の一族以外の異能者をないがしろにしすぎる。日陰に追いやっている。異能者が国を主導し、そしてその異能者の頂点に薄刃の者が立つ世界こそ、正しい国家の在り方だ」

彼の語る理想は、彼にとって都合の良いものでしかない。

己の無力さを、世界や国のせいにして法則から覆そうとしている。努力の仕方を誤っているようにしか、美世には感じられなかった。

「……あなたが母を救えなかった、その八つ当たりみたいです」

美世の苦し紛れの呟きに、さも意外な指摘を受けた、と言わんばかりの表情で、甘水は目を瞬かせる。

次いで、く、と喉を鳴らして笑った。

「よくわかっている。さすが、澄美ちゃんの娘だ。大人しそうな雰囲気なのに、はっきりと物を言うところがそっくりで」

地べたに胡坐をかき、頬杖をついた甘水は、

「そういうところを見せられると、澄美ちゃんの代わりに、君にぼくの作った新世界を捧げたくなるよ」

言って、ますます笑みを深める。

まるで当然と言わんばかりに『世界を捧げる』などと口にする男に、美世はぞっとして、思わず両の二の腕を抱きしめ、擦っていた。

「君にはその資格がある。帝に代わり、異能者たちの頂点に立つべきは薄刃家だ。夢見の力は、さらにその薄刃家の中でも最上位の力だからね。君を新世界の女王とするのは、十分に合理的さ」

書生風の格好をした若者は、どこか得意げに語る。

今さらながら、なぜ薄刃家がこれまで表舞台に決して上がらず、自らを律し続けていたのか、理解できた気がした。

目の前の男のような、野望を抱く者を内に留めておくためだ。

「ぼくの言うことが、君には理解できるはずだ。十数年、不当に虐げられていた君が、一度も理不尽を感じなかったとは言わせないよ」

はっと、我に返る。

実家にいた頃、理不尽だと、どうしてと、感じたことは幾度となくある。

己に夢見の異能があると知ったとき、もっと早く目覚めていたらと、なんのために長くつらい生活を続けていたのかと、憤りもした。

斎森家の家族が愚かだから、彼らを支配すべきだなんて、そんなことは望まない。願ったことなど、ありはしない。

(でも、違うわ)

斎森家の家族と比べて、美世がどれほど優れていると言える？

同じように誰かをまったく傷つけず、少しの理不尽も生み出しはしないと、どうしてそんな自信を持てる。

自分が国を率いていける優れた人間だと思い込み、国中の民に押し売ろうなどと、おこがましいにもほどがある。

「理解できません。わたしは、そんな権力なんていりません」

「本当に？」

「え？」

唐突に甘水の声音が鋭くなる。その様子は、さながら獲物に狙いを定めた、猛獣のようだ。

「本当にそれで大切なものを守れるのかい」

「………」

「君はまだ、自分が傷つくだけならいいと、君の世界が狭いからそう思うんだろう。だが、いつかは思い知る。大切な人間が傷つき、苦しみ、もっと自分に力があればこんなふうにはならなかったのに、と願わずにはいられない」

身の回りの、愛すべき誰かが傷ついて、それでもなお、決して力を欲しないと言えるだろうか。

目の前の、最愛の女性を失った男の瞳は雄弁だった。

美世の心に一点の黒い染みが滲む。本当に？　ともうひとりの自分が囁いているような気がした。

揺らいではいけない。甘水のやり方が、正しいわけはない。

「……わたしは、なんでも願い通りになる世界なんていりません」

絞り出した声は、情けないほど震えている。

これでは、甘水の言い分に抗えていないのが、瞭然だ。

「ぼくは、成し遂げる。そうしたら、きっと君を世界の女王にしてあげられると思ったけれど、きっと君はまた断るのだろうな」

意外にも鋭い話しぶりは鳴りを潜め、甘水は驚くほどあっさりと引き下がる。

もちろん、完全に安心などできはしないが、ほっと胸をなでおろしながら美世は強くうなずきを返した。

「はい。お断りいたします」

「よかろう。でもね、そんなことで僕はあきらめないよ」

座っていた甘水が立ち上がると、わずかに鮮やかな緑に囲まれた美しい風景がぶれたように見えた。

「君が生まれるよりも前、もう二十年以上、僕が進んできた道は誰にも邪魔できない。君にも、誰にも」

いやに確信めいた、愉快そうな表情だった。

不安と恐怖が消えず、美世の心臓はなおも早鐘を打っていた。

「わたしは協力しません」

一言一句に神経を尖らせ、再度、自分と甘水に対して言い聞かせる。

少しでも隙を見せたら、即座に取り込まれてしまいそうだ。

(……落ち着いて。大丈夫よ)

瞬きのひとつもできないまま、自身を説き伏せる。

否定をし続けて、夢から覚めるまで粘ればいい。

けれど、なぜか嫌な予感が拭えない。窓にこびりついたくすみみたいに、すっきりと晴れない何かがいつまでもある。

「いいや。君は必ず、こちらにくる。やり方ならいろいろあるんでね。特に、権力を手にした今の僕なら」

甘水の声は、背筋を走る悪寒に耐える美世を、嘲笑っているふうにも聞こえた。

「何を、するつもりですか」

心臓が、ますます鼓動を大きく、早くする。背を見せたら襲いかかってきそうな、野生の獣と対峙している気分に近い。

冷や汗が額に浮かんで、また一歩、後ずさる。

「なあに。君を手にするなら、固く守られている君を狙うよりももっといい方法があるんだよ」

日陰から日向へと踏み出した甘水は、その異常さを隠そうともせず、丹念に愉悦と他人の悲哀を味わうがごとき恍惚とした面持ちで、おもむろに告げる。

「——久堂清霞を、手にかけることだ」

ああ、と、絶望と得心とが同時に、胸に湧いた。

(旦那さまは、わたしのすべてだもの……)

全身から力が抜けて、へたり込みそうだった。

清霞がいるから、自信を持てた。清霞がいるから、温かで平穏な人生を望めた。

清霞がいなかったら、美世の幸せはない。清霞がいなくなったら……もはや、その先を想像するのは、ひどく難しい。

「だ、旦那さまは」

上手く息が吸えなくて、喘ぐようにそれだけ吐き出した美世を、甘水はせせら笑う。

「強いから大丈夫？　ははは。大丈夫なんかじゃない」

いつしか甘水は、動けなくなった美世の目の前に迫っていた。

「彼は軍人で、公僕だ。逆らえないものはある。君や他の人間を守るためにもね」

「何を、するつもりですか」

清霞が負けるはずはないと、信じたい。

だというのに、どうしようもなく胸騒ぎがする。甘水のまったく動じぬ、自信に満ちた態度が強く不安を掻き立てる。

「……それを言ってしまったら、面白くなさそうだ。そろそろ夢から覚める時間だな」

背を向けた甘水に、恐怖さえ忘れ、引き留めるため手を伸ばす。

「待ってください。何を、旦那さまに何を」

夢よ、覚めるな、と胸の内で願う。

ずっと甘水をこの夢の中に閉じ込めておけば、決して誰も傷つくことはない。

今だけでいい。新が言っていたように、思いの強さで異能が強くなるのなら、今だけ、どうか。

美世はどうなってもいいから、甘水を夢の中に閉じ込めて、絶対に出さないで。

しかし、遅すぎた。

すでに周囲の景色が陽炎のごとく揺らぎ、霞み、色を失い始めていた。

「自分で考えてみるといい。まあ、絶対に止められないが。久堂清霞を落としたら、君は絶対にこちらへくることになる」

振り返り、最後に甘水が言い残した内容は不穏を孕(はら)む。

美世は無意識に胸を押さえ、唇を噛(か)んだ。

(旦那さまは負けない。そして、わたしもあちらには行かないわ)

甘水の狙いが清霞であるとわかれば、きっと何とかする方法は見つかる。異能心教に、甘水に屈さず済む術(すべ)が、何かひとつはあるはずだ。

「……旦那さまに伝えなくては」

己を奮い立たせる。こんなところで、悲観して打ちひしがれているわけにはいかない。

甘水の後ろ姿が完全に消えるとともに、穏やかだった薄刃家の過去は儚(はかな)くも砕け、崩れて跡形もなくなっていた。


喉の痛みで目を覚ます。

堯人(たかいひと)の宮殿にてあてがわれた部屋の、磨き抜かれた高価な木製の文机(ふづくえ)にはいくつかの冊子が広がったままになっている。

葉月(はづき)から借り受けている教本を眺め、復習をしているうちに寝入ってしまっていた。

どのくらい、うたた寝していたのだろう。

冬の冷気で冷えきった咽頭が痛みを訴えてくる。

「夢……いけない。旦那さまに早く伝えないと」

寝ぼけた頭が瞬時に覚醒し、美世はすぐさま立ち上がった。

甘水の狙いは、美世でなく清霞だ。いや、美世を狙うがゆえに清霞を排除しようとしているると言ったほうが正しいか。

部屋の障子を開けば、まだ日暮れには早い時刻だというのに、空が灰色の雲に覆われて辺りは薄暗く変わりつつあった。

堯人の予知では、雪が降り積もったときが正念場であったはずだ。雪が降りだし、積もるまでにはまだ猶予があるだろうが、急がねばならない。

夢で聞いた甘水の目論見(もくろみ)と、この悪天候。危機はおそらくすぐそばに近づいている。

「美世ちゃん？」

呼ばれて振り向いた先には、不思議そうな顔をした葉月とゆり江が立っていた。

「ちょうど、ようございました。これから美世さまを起こそうと思っていたところですよ」

「……どうしたの？　そんな切羽詰まったみたいに」

「だって、お天気が」

咄嗟に言うと、葉月は納得したようにうなずく。

「ええ。でも大丈夫よ。堯人さまがもう動き出しているから」

違う、そうではない、と説明したかったが、今はその時間すら惜しい。

しかも、現状で美世は護衛なしには出歩けない。

慌てて首を巡らせ、護衛である新の姿を探すけれど、見えるところにはなかった。

「お義姉さん。新さんは、どこに」

「え？　ああ、少し席を外すと言って出て行って……そうね、五分くらい前かしら。まだ戻っていないみたい。この非常時に不用心ね」

「そう、ですか……」

焦燥だけが、どんどん募っていく。

（どうすればいいの）

いくら急を要するからといって、勢いのままひとりで出歩くのは浅慮が過ぎる。

新が不在にするときは他の見知った者が護衛につく手筈になっているが、その様子も今のところはない。さしあたり様子をうかがっておこうという楽観視も、もちろんできない。

一刻も早く、対異特務小隊の陣に行って、清霞に会わなければならないというのに。

「美世ちゃん、本当にどうしたの」

「旦那さまに、どうしても伝えないといけないことがあるんです」

焦る美世の必死さに、葉月が気圧され、固い顔に変わる。

「清霞のところに行きたいのね。でも、護衛がいないとどうしようもないわ」

新はまだ戻ってこないのだろうか。

あれだけ、美世を守ると言っていたのに。どうして、こういうときに限って。

「守りを固めるために清霞もすぐこちらにくると思うけれど……ちょっと待って、連絡用の式を飛ばして急ぐようにいいましょう」

葉月は廊下を進み、自身に割り当てられた部屋に入ると、小さなハンドバッグを持って戻ってくる。

そのハンドバッグの中から小さな白い紙片を取り出し、外へと放った。

「早く伝わるといいけれど。――ゆり江」

「はい」

「宮人の誰かに頼んで、異能者でなくてもいいから護衛できそうな人を呼んでもらってちょうだい」

「わかりました」

葉月の指示でゆり江が直ちに踵を返す。

そして、葉月自身も険しい面持ちで美世に向き直った。

「時間が惜しいのね？」

「はい」

葉月の放った式が清霞たちの元へ届き、彼らがやってくるまでにどれだけかかるだろう。もしそのうちに、いや、ここに来るまでの間に甘水の策略が発動してしまったら。ただ待っているだけでは、いられない。

美世は、葉月の問いに躊躇いがちにうなずいた。

「わかったわ。私たちのほうから清霞のところへ赴くことはできなくても、ひとまず、この宮の中にいる衛兵の誰かを捕まえて、玄関で待ちましょう」

「はい。そうします」

美世がひとり、身を翻そうとすると、その手を葉月に掴まれる。

「待って、美世ちゃん。私も行くわ」

「そんな、お義姉さんはお部屋にいてください」

結界からは出ないとはいえ、何が起こるかもわからないのに、葉月まで巻き込めない。

足手まといとは言わないが、あるいは葉月を人質にでもされたら、美世は捕まったも同然になってしまう。

しかし、葉月の決意は固いようだった。

「いいの。何かあったら、私でも時間稼ぎくらいはできるでしょう。それよりも、言い合っている時間がもったいないわ」

「……そうですね」

逸（はや）る心をなんとか抑え、うなずく。

できることなら、結界を出てでも清霞の元へ駆けてゆきたい。だが、美世は弱く、それで問題が起きれば今までの頑張りがすべて水泡に帰す。

葉月が式で清霞を呼び出してくれた以上は、待つのが最善だ。

二人は玄関へと急ぎつつ、目についた衛兵に声をかける。ゆり江にも頼んではいるが、護衛は何人いても足りないくらいだからだ。

けれど、ここで想定外の事態になった。

「え？　どうして」

「ですから、堯人殿下ご本人か、あるいは侍従長や宮内大臣の許可がなければ、護衛はいたしかねます」

衛兵は、無表情でそう返すばかりで、美世や葉月の頼みにとりあおうとしない。

「お断りします」

「依頼されるなら、令状を持参してください」

「まず侍従長に話を通されてから……」

中には申し訳なさそうに眉を下げて言う者もいたが、声をかけた衛兵全員に護衛の依頼を拒否されてしまった。

（おかしいわ）

さすがの美世も、訝（いぶか）しんでしまう。

美世たちは堯人の命でここに滞在している。無論、この宮に配置された衛兵たちも美世たちを守るように命じられているはずだ。持ち場を離れるのは褒められたことではないかもしれないが、誰ひとり美世たちに協力的でないのは、不自然だ。

「どういうことよ。宮内省は気の利かない人間しか雇わないの？」

葉月は目を三角にして、立腹している。

侍従長や宮内大臣の所在はわからなくとも、堯人は主屋のほうにいる。渡り廊下を使って直接面会を求めてもいいが、彼も多忙で、さらに非常時へとなりつつある今、すぐに会えるとは到底思えなかった。

「けれど、この分だと、たぶんゆり江のほうも断られているでしょうね」

衛兵が無理ならばと、通りすがりの宮人に護衛できる者を呼んでほしいと頼んでみたが、こちらも反応は変わらなかった。

滞在し始めてから十日ほど、日常生活に関することなら宮人たちも快く応じてくれていたので、気づかなかった。

新や対異特務小隊以外は、美世たちを守るためには動いてくれないのだ。

「どうしましょう……」

「仕方ないわ。私たちだけで、玄関先まで出ましょう。結界から出なければ、問題ないはずだし、そうかからないうちに清霞も来るでしょう」

「そうですね」

やはり、どこにも新の姿はなく、専属の護衛がいない状態だが致し方ない。

草履を引っかけ、美世は葉月とともに玄関の敷居を跨いで玄関先へと出る。

対、異能心教のために張られた結界の効力は、尭人が暮らす主屋と美世たちが滞在している別棟の二棟、そしてその周りの庭までだ。これ以上前には出られない。

「まだ来ていないみたいね」

玄関前からずっと続く砂利の小道に、清霞や対異特務小隊の姿は見当たらない。

それにしても、護衛のことといい、順調にいかないことが多く、余計に不安が煽られてしまう。

「作為を感じずにはいられないわね」

美世も、葉月の意見に同意する。

ただの嫌がらせだったならまだいいが、異能心教の仕組んだことではないか、と疑い、怖くなる。

「あの愚弟。それに征さんも、まったく脇が甘いわね。護衛の件は、後で絶対に文句を言ってやるんだから！」

いらいらと文句を言う葉月を横目に、美世は今か今かと、清霞が現れるのを待つ。

しかし、待ちに待って、やってきたのは対異特務小隊の誰かでも、清霞でも、新でもなかった。

「え……？」

「誰かしら、あれ」

小道の向こうから、ゆっくりとした足取りでこちらに近づいてくる、ひとりの男。

ほどほどに質の良いスーツに身を包み、これといって特筆すべき点のない、平凡な顔立ちをしたその男を、美世は見知っていた。

「……確か、文部大臣閣下の、秘書官さまです」

「あれが。でも、なぜ秘書がひとりでこんな場所に？」

葉月の疑問はもっともだが、美世も首を捻るしかない。

そのうち、秘書官の男は、結界の前までやってきてすんなりと境界を踏み越える。

「結界を越えられるなら、あの男は甘水直のなりすましではないんでしょうけど……この非常時に本当に何の用なのかしら」

整った眉をしかめて、葉月は不審そうに秘書官を睨む。

結界は甘水なら弾くことができるが、当然、政府関係者には無効だ。そうでなければ、業務に支障が出るのでやむをえない。

それで問題が発生したときのために、宮内省お抱えの衛兵が常に配置され、美世たちの専属護衛として新がついていたのだが、どちらも今は機能していないとくる。

警戒する二人の前に、秘書官の男はやや鼻につく表情で立ちはだかった。

「斎森美世さん。お久しぶりですね」

「は、はあ」

軽い調子で話しかけられ、戸惑ってしまう。

彼とは一度会ったきりで、仲良くなった覚えもなく、親しげに話しかけられるような関係ではない。

急に友好的に挨拶されても、と困るし、意味がわからず不自然で、不気味だった。

美世と葉月の怪訝な視線に気づいているのかいないのか、秘書官はまったく動じた様子もなく続ける。

「もしかして、どこかへお出かけされるところでしたか」

「いえ……あの、違います」

たじろぐ美世より前に、葉月が凛とした面持ちで一歩進み出る。

「失礼ですけれど、どんなご用件でいらっしゃったのかしら」

秘書官は呆れ笑いを浮かべ、肩をすくめた。

「仕事、とお答えすればいいんですか？　自分は、文部大臣の秘書ですよ。あなたのような一般市民に足止めされるいわれはないのでは？」

「ええ、そうね。けれど、今ここは、堯人さまの命で厳戒態勢に入ろうとしている最中よ。お仕事とはいえ、好き勝手に出入りされるのは困るわ。だいたい、この建物は堯人さまの私邸。宮内省や内大臣府のお役人ならともかく、文部省の方に用事があるとは思えない」

葉月が男性の、しかも大臣の秘書という立場にある者に、まったく譲らず主張をするものだから、美世ははらはらと両者の顔を見比べてしまう。

「はあ。いい加減、うるさい……」

秘書官が笑い顔のまま、ぼそり、と低く呟く。

あまりに表情と口調が合っておらず、耳を疑った。だが、同時に思い出す。

最初にこの男と相対したとき、ほんの数瞬ではあったが、睨まれたように感じたことを。

「お義姉(ねえ)さん」

不穏な予感がよぎり、美世は葉月の名を呼びつつ、腕に手を遣って止めようと試みたが、出遅れた。

「あなたは先日も一度、ここで騒ぎを起こしているわよね。今はあのときよりも、さらに警戒が強まっているわ。それを、理解しているの？」

「無論、理解していますよ」

あっけらかんとし、それの何が問題かといわんばかりに悪びれない態度。秘書官の返答は、実に投げやりだった。

加えて、答えと行動がちぐはぐで、すぐには呑(の)み込めない。

「え？」

「だから、現状がどうだとか、言われずとも百も承知なんですよ」

威嚇するがごとく革靴で足を踏み鳴らして、大股に接近する男に反応が遅れた。秘書官が葉月を押しのけ、美世に迫ってくる。

次いで、その細い手首を勢いよく摑まれ、引っ張られる。

「い、いや……っ」

振りほどこうとしても男の力は強く、骨まで痛み、びくともしない。

「あなた、いきなり何をするの！ 離しなさ——きゃっ」

葉月が血相を変えて美世と男の間に入ろうとするが、思いきり突き飛ばされる。

手加減などしなかったのか、葉月の身体は激しく砂利の地面に叩きつけられたように見えた。

「お義姉さん！」

「邪魔するな。回りくどい芝居は仕舞いだ。自分は、こちらの斎森美世に用があるんだよ」

敬語の抜け落ちた男の雰囲気は、すでに大臣の秘書官とは言い難いほど獰猛で、粗野なものへと変化していた。

美世は間近で見上げた彼の瞳に、釘付けになる。

「その、目」

赤い。鮮血のごとき、真紅に鈍く輝く瞳だった。

清霞から、聞いたことがある。

異能心教の生み出した人工の、後天的な異能者はその目が赤く染まっていると。

無論、生まれつき赤い瞳を持つ人もいる。だが、男の瞳は先ほどまで確実に、なんの変哲もない焦げ茶色だった。それが、急に変わったのだ。

「いや、便利ですよね。異能って。まあ、あの異能を信じていない大臣の下で働くのは少しうんざりだったけれど。でもまあ、祖師からの頼みでしたし」

男はやけに楽しげだった。

（祖師って）

甘水直の、異能心教での呼称だ。もう、疑う余地はない。

ざわり、と皮膚の表面が粟立つ。

視線を下に落とせば、信じられないものが飛び込んでくる。

（なに……あれは、異形？）

美世は空いた手で口元を押さえ、息を呑む。

白い砂利が敷かれていたはずの地面は、見渡すかぎり、黒い。否、黒い異形のものたちが、地上を埋め尽くす勢いで蠢いている。

姿形は、蟲や鼠、鳥——正月のときに遭遇したものと同様、複数の獣の特徴を併せ持つものなど様々だ。

知らぬ間に、美世たちはそれらに取り囲まれていた。

「壮観だなあ。やはり数を揃えると迫力が違う。こいつらにこの皇太子の宮殿を襲わせたら、いったいどうなるだろう」

心躍るといった雰囲気で言う男。それを、葉月が顔色を真っ青にしながら、けれども気丈にねめつけた。

「あなた、異能心教ね……！　こんなことをして、どうなるかわかっているの？　それに、いつまで美世ちゃんの手を摑んでいるのよ！」

葉月は果敢にも立ち上がり、再び美世の摑まれた手を解こうと飛びつく。

だが、彼女の細い身体ではまったく歯が立たず、まるで羽虫でも振り払うかのように軽々と弾かれる。

「うるさいな。あんたに用はないんだよ」

「やめて、お義姉さんに乱暴しないで……！」

自分でも時間稼ぎにはなると葉月は言ったけれど、本当にそんなことをさせられるわけがない。

彼女に怪我をさせて美世が助かるくらいなら、異形どもに堯人の宮を襲撃されるくらいなら……いっそ、異能心教の言いなりになるほうがましだ。

ふと、美世は、初詣の際に清霞から渡されていた三つの式の存在を思い出した。

（もう、これしか）

片手で、懐にしまっておいた式にあらかじめ刻まれている術を起動させ、放る。

小さな紙片は無事に発動し、鳥の形となって男に飛びかかった。

「ちっ。余計なことを！」

男は片手を振り回して式を追い払おうとするが、式たちもしつこく男の顔を狙って体当たりを繰り返す。

「この、雑魚が邪魔をするなっ」

男の苛立(いらだ)ちの声とともに、異形の一体が美世たちの近くまで躍り出て、その爪で式を切り裂き、落とす。

「そ、そんな……」

三体の式たちは、無残にも紙屑(かみくず)となって、はらはらと墜落する。

清霞の作った式も、人間には有効だが、異形、しかも異能や術の効きにくい特殊な異形たちの前では無力だった。

これで、美世たちの対抗手段はなにもなくなってしまった。

「残念だったな」

男が拳を作り、尻もちをついた状態の葉月に振り上げる。

「やめて！」

絶対に傷つけさせない。

美世は自身の全体重をかけて地面へ倒れ込み、逆に男の身体を引っ張る。秘書官は強く美世の手首を掴んでいたためにまんまと均衡を崩し、たたらを踏んだ。

「この！」

逆上した秘書官が手を空中にかざし、無数の異形の目が、いっせいにこちらを向く。

男が異形をけしかけ、自らも異能を放とうとしている様が、ありありとわかる。美世は地に倒れた勢いのままに、葉月を守るため、彼女に覆いかぶさった。

「美世ちゃん！」

切羽詰まった、葉月の抗議の声は無視する。

切り札だった式はもうない。

単純に避(よ)けるのも、葉月が結界を展開するのも間に合いそうにない。美世にも葉月にも攻撃する手段がないので、あとはこのまま耐えるほかないのだ。

力いっぱい瞼(まぶた)を閉じ、歯を食いしばった。

——だが、予想していた衝撃は訪れなかった。

一瞬、冷気を溶かす熱が、宙を駆け抜けてゆく。

異形たちの激しい断末魔と、それに混じって、男の「ぐっ」という短い呻き声が響いた。

おそるおそる瞼を上げれば、美世たちを取り囲んでいた異形たちはやや数を減らし、スーツ姿の秘書官の身体が無様にも地に転がっていた。

電光石火の早業に、唖然としてしまう。

「美世。平気だったか」

「旦那、さま？」

眼前で、薄茶の長い髪が肩口からする、と滑り落ちる。だんだんと状況が呑み込めてきて、鼻奥が、つんと痛い。

来てくれた。清霞が来て、守ってくれたのだ。

そして、美世もまた、間に合った。

「旦那さま……っ」

一巻の終わりだと思った。このまま、彼に危機を伝えることもできず、自分もここで果てるのかもしれないと、覚悟した。

けれど、無事だった。清霞も、自分も。まだ。

「お、遅いのよ……！」

上体を起こし、葉月が涙声で悪態をつく。

美世も葉月も怪我はない。また、清霞も無傷で這いつくばる秘書官を見下ろしていた。

あらためて周囲を眺めやると、対異特務小隊の隊員と辰石一志が、懸命に夥しい異形を相手に戦っている。……のだろうか。美世にはよくわからない。

(異形がどんどん消えていく)

絡繰りは、どうやら辰石一志にあるらしい。

一志は、まるで舞い踊るがごとく、蝶の羽のように華美な羽織を翻していた。そして、彼が手中の扇子を差し向けると、美世の視界から異形の姿が消えるのだ。

「おい、辰石！　もっと早く結界を解けないのか」

「無茶言わないでくれるかな。ぼくだって必死なんだから！」

五道が怒鳴りつけ、辰石も普段の余裕ぶった態度はどこへやら、大声で言い返す。

一志の手によって異形が消されたと思われる場所へ、五道たち、対異特務小隊の隊員たちが炎や水、風や念動力といった異能を放つ。

すると、美世の耳にもおぼろげに、異形の断末魔が聞こえるのだ。

(仕組みはよくわからないけれど)

戦況は一方的ではなかろうか。当然、優勢なのは対異特務小隊のほうで、どうも数えきれない異形を圧倒し、一掃し、蹂躙しているらしい。

美世は視線を自身のすぐそばへと戻した。

「痛っ、まったく。思いきり投げ飛ばしやがって」

不平を漏らし、秘書官が起き上がる。が、その俊敏な動きは到底、文官の、戦いの素人のものではない。

しかし、清霞の反応も早い。

秘書官が立ち上がった途端、清霞は鞘に納めたままのサーベルで一閃。秘書官は軽妙な足取りでそれを躱し、手のひらから氷の塊を生じさせ、発射する。

清霞は軽々と氷弾を避け、あるいは鞘で叩き落とし、秘書官に迫る。

その間、わずか三秒にも満たない。

（あ、れ……？）

ほんの、数瞬の出来事だけれど。

異能心教の信徒たる秘書官の口元に、不敵な笑みが浮かんで、消えた気がした。

清霞は眼光鋭く男を見据え、肉迫する。サーベルの柄頭で男の顎を強く突き上げ、その隙に足を払う。

うつぶせに倒れた男の背に膝を乗せ、腕を捻り上げて組み伏せた。

「くっそ、久堂清霞……！」

「暴れるな。貴様が異能者として国に登録されていない場合、異能心教に与した容疑がかけられる」

清霞が淡々と告げると、舌打ちをひとつした秘書官の男は、黙って手鎖をかけられて拘束され、完全に自由を失った。

だが、その赤く染まった瞳は憎々しげにこちらを見上げ、口元は歪んでいる。

「はっ、容疑、だなんて言わなくとも、俺は間違いなく異能心教の一員だよ。そもそも、祖師に命じられて大臣秘書になりすましていただけの、ただの庶民だしな」

「つまり、文部大臣も貴様らと通じているわけか」

清霞が怪しみながら問うと、男は鼻を鳴らす。

「ああ、もちろん。文部大臣閣下も祖師と繋がっている協力者だし、他にも何人か政府内部に異能心教の信徒や協力者が紛れている」

「そういえば、文部大臣の縁者が逓信省に勤めていたはずだな」

「そいつがお前らの情報統制とやらを、祖師の指示で緩めていたんだよ。簡単な話だ」

捕まったことで観念したのだろうか。男は素直に内情を白状していく。

それとも、情報を渡した代わりに、罪を軽くさせようという腹づもりなのか。どちらにしろ、真実がわかって悪いことはないだろう。

男から、情報をひと通り聞き出した清霞は、部下のひとりを呼びつけて二、三の指示を出した。

五道や一志、他の隊員たちは未だ戦闘を継続している。

それでも、ひとまずの脅威は去ったため、美世は葉月とともにほっと息を吐き、どちらからともなく腰を上げた。

「二人とも、無事か」

秘書官を一瞥してから振り向いた清霞に、美世と葉月は揃ってうなずく。

「ええ、なんとか」

「わたしも、大丈夫です」

「……今度こそ、間に合ったようだな」

つい先日、同じように秘書官に遭遇した際に間に合わなかったのを、清霞は気にしていたらしい。

だが、安堵もつかの間。

美世は清霞を呼び出し、護衛を待たずして玄関へと出てきた目的を思い出す。

あのことを話さなければ、せっかく危険を冒してまで出てきた意味がない。

「旦那さま」

「なんだ。というか、至急の話ということだったが、内容は？　まさか、この大臣秘書官の襲撃を見越して連絡してきたわけではあるまい」

清霞の話では、どうやら前衛での打ち合わせを終え、解散する頃にちょうど葉月からの連絡を受けとったらしい。その直後、秘書官の持ち込んだ異形の群れの気配を察知し、部下たちを連れて駆けつけたのだという。

時機がよかったのか、悪かったのか。

怪訝（けげん）そうな婚約者に、怯（ひる）みそうになる心を奮い立たせる。

「あの、どうしても、話さないといけないことがあって」

美世は夢の中で甘水と会話した内容を、事細かに清霞に話した。

普通なら夢で見た、などと言っても一笑に付されて終わりだろうが、夢見の力を持つ美世の見る夢の意味を、清霞は十分に理解していた。

「――なるほど、甘水が私を、か」

美世の身柄を手に入れようとする甘水が、次に狙うのは清霞。

この報告に驚いたのは葉月だけで、当の清霞本人は少しも動じていなかった。

「いずれ、そうなるかもしれないとは予想していた。私がいないほうが、奴（やつ）らも都合がよいだろうからな。ただ、私を仕留めるための甘水の手段がこれ……というのは、あまりにお粗末すぎる」

清霞はこれ、と言ったところで、拘束され、転がされている秘書官の男を鋭く見遣った。

「ごめんなさい。異能心教がどんな手を使ってくるかまでは聞き出せませんでした」

美世も、あれだけ自信ありげだった甘水の企みがこれきりとは、とても思えない。

もし新のような話術を持ち合わせていれば、もう少しましな程度には情報が引き出せただろうに。

己の力不足が悔やまれる。

「いいさ。これきりならこれきりで構わんし、違っても、どうせ、あちらは私が対応できないような綿密な策を練ってくるだろうからな」

「ねえ、少しいいかしら」

話が途切れたところで、葉月が唐突に割って入る。

「そういえば、結局、新くんはどこに行っているの？　まったく姿を現さないけれど」

何気ない義姉の疑問に、美世はぴたりと動きを止め、清霞は眉根を寄せる。

新は、ついにこなかった。

ゆり江が護衛を呼びにいき、美世と葉月もあれだけ衛兵に声をかけて護衛を依頼したのだから、宮中にいれば何かしら騒ぎに勘づくだろうし、であれば彼が駆けつけないとは考えられない。

しかも、五道や一志たちが異形を相手に奮闘しているように、ここまでの騒動に発展したのだ。それに気づかないはずがなく、気づけば絶対にやってくるはず。

そもそも、今は堯人の命でさらに警戒を強めようとしている真っ只中である。

新が姿を現さないのは、どう考えても不自然だった。

清霞が顎を撫でつつ、表情を険しくする。

「おかしい。薄刃には、こちらからは何も頼んでもいないし、護衛よりも大切な用など今現在のあの男にはないと思うが」

三人はそれぞれが、微妙な面持ちで顔を見合わせる。

それならば、いったい新はどこへ行ったのだろう。

疑問に答えられる者はひとりもなく、沈黙の中に、ちら、ちら、と小さな白い花弁が舞い降り始めていた。

「いよいよ、我々の時代がくるとは。わくわくしますな」

ウィスキーグラスを片手に、葉巻を咥えて紫煙をくゆらせる文部大臣を、甘水直は心底呆れ、蔑む心地で見遣る。

軍本部は密かに、異能心教の手に落ちていた。

末端の兵は無論あずかり知らぬことではあるが、参謀本部の幹部たちは甘水に賛同しなかった者から順に牢へと入れられた。

また、甘水に協力することを了承した将校らは、軍を普段通りに見せかけようと、牢へ収監された者の穴を埋めるため、馬車馬のごとく働かされている。

これらは全部、甘水の指示で異能心教が手を下した——悪行である。

しかし、これが悪行、と断ぜられるのは今のうちだけだ。

まさに、勝てば官軍負ければ賊軍、というやつである。どんな悪行を積み重ねようとも、甘水が勝ちさえすれば善行に早変わりする。勝ったほうの掲げているものが、正義となるのは世の常なのだ。

軍事力は手に入れた。民意も傾かせつつあり、帝の権威もこちらのもの。

あとは、そっくりそのまま国という器を奪ってしまえば、甘水の目標は七割がた達成となる。

「あと少し」

甘水の手元には、今上帝に署名押印させた書類が出そろっていた。

これらは帝の意のもとに下される勅令として、絶対的な効力を持っている。準備は整った。

ここらが潮時だ。

「大臣閣下。閣下はどうぞ、こちらでお休みくださって結構。我々は、これより行動を開始しますので」

「ああ。くれぐれも、上手(うま)くやってくれよ。私の未来も、貴君の双肩にかかっているのだからな」

何がおかしいのか、がはは、と盛大に笑う大臣が、甘水にはひどく不快だった。

所詮は、生まれながらに異能も持たぬ、劣等種のくせに。

協力すれば、のちに現在の政府を解体し、異能が天下をとろうという時代に、異能をもたなくとも重役につかせてやるとちらつかせれば、文部相はすぐさま食いついてきた。

天啓とかいう、得体の知れない異能を持つ者が、ただその異能を継いでいるというだけで支配者となる世界が気に入らない。ようは、自分が頂点でなければ気が済まない。

そのような野心に溢(あふ)れた文部大臣を引き込むのは、容易だった。

「では、失礼」

甘水が軍本部に設けられた貴賓室を出ると、控えていた宝上がついてくる。

「祖師。予定通り、対異特務小隊は我々の生み出した異形の絡繰りを解き明かし、騒ぎを起こした大臣秘書や、同志である逓信省の官らを連行した模様です」

「ご苦労」

廊下を歩き、甘水は軍本部の中央の建物の廊下を我が物顔で闊歩する。しかし、すれ違う誰も止めはしない。

拉致した今上帝の権威や、協力者たちを通じた政府への影響力、人工異能者たちで揃えた戦力。それらを並べてやれば、国の大抵の人や組織は屈服させられる。

ここまでの道のりは、長かった。

薄刃家が傾き、澄美が斎森家へ嫁ぐと決まってから、ともに逃げようと彼女を誘ったが、拒絶された。

自分が逃げたら、家はどうなる。家のため、家族のための悲壮な覚悟が、彼女にそう言わせたのだと思った。

甘水は己の無力を嘆きながら家を憎み、人を憎み、国を憎んだ。

家を裏切って逃避行を続けるうち、憎悪は決意へと変わる。

自分や澄美には異能という素晴らしい力があるのに、日陰に追いやられ、帝や権力者たちの気分次第で虫けらのように人生を台無しにされる。そんな世界は間違っている。間違っているなら、作り変えてしまえばいい。

薄刃の掟(おきて)など、知ったことか。

異能者が国を動かせるように、変えてしまおう。そうすれば、その異能者たちよりさらに優れた薄刃の異能者である甘水自身や澄美は自由に、意のままに、生きられる。

理想を抱いてから、甘水はすぐに行動を始めた。

国中を巡り、人を集め、情報を集め、資金を集め——密かに拠点を設けては、設備を整えて異形や異能に関する禁断の研究を進める。

(だが、そのうちに澄美ちゃんを失ってしまった)

国家を転覆させようと夢中で準備をしていた甘水は、澄美の死を数年経(た)ってから知った。

絶望し、一度は何もかもがどうでもよくなったが、澄美に娘がいると知ってまた己を奮い立たせた。

斎森家で美世が虐げられているのも同時に知ったが、国を作り変えてしまえば関係ない。むしろ、現状に不満を抱いてくれれば美世も甘水の思想に賛同するだろうし、好都合だと思った。

だが——そうこうしているうち、彼女は久堂清霞と出会ってしまった。

そして、己を不幸にしていた家や家族を憎む前に、ありきたりで無意味な平穏だけで満足してしまった。

(それでは、いけない)

一時は満足したとて、異能者の、薄刃家の不遇は変わっていない。変えねばならないのに、美世はそれを理解しない。

しかし彼女も、己の思想が間違いで、甘水こそが正しいのだと、今にわかる。

すべてを覆し、復讐するため、いよいよ甘水は動き出す。

「帝はどうしている?」

「一応病人ですので、死なない程度に世話はさせています。本当に最低限ですが」

宝上の報告に、甘水はほくそ笑む。

甘水が国を手に入れ、従来の帝の権威が用済みとなった暁には、今上帝をこれ以上なくいたぶり、苦しめて殺すと決めている。

「くれぐれも、ぼくが殺す前に死なすなよ」

「かしこまりました」

美世が久堂清霞の婚約者となってしまったため、準備を前倒しする羽目になり、当初考えていた計画と比べて十分とはいえないものの、最後は異能による力業で押し通すこともできる。

異能者の、甘水の、薄刃のための愛すべき世界を作り、今度こそ安らぎを捧げるのだ。

澄美に、美世に。

「さあ、行こう。囚われた同志を解放しに」

甘水は宝上を伴い、軍司令部の建物をあとにする。

目的地は、軍本部の敷地内に設けられた特別留置施設だ。

この施設は最近設置されたもので、軍が主に平定団などの人工異能者を留置しておくために異能の使用を妨害する仕組みを取り入れて作った、特殊な建物である。

出入り口に配置された警備の兵を素通りし、二人は異能妨害処理を施された牢の並ぶ、施設内部に足を踏み入れた。

「おお、祖師だ！」

「祖師が来てくださった！」

「ようやくここから出られる！」

牢が左右に並ぶ通路を歩く甘水を見て、囚われた人工異能者たちが歓声を上げる。

彼らにはあらかじめ、どうせすぐ解放するので、軍人にはできるだけ逆らわず大人しく捕まるようにと言いつけてあった。

だが、それでも牢に入れられれば心細かったのだろう。

甘水を賞賛し、喜ぶ大勢の快哉の声が、耳が痛くなるほど狭い通路に響いてやまない。

「これだね」

通路を真っ直ぐ進み、突き当たった最奥に、祭壇がある。

注連縄をかけ、柊を飾り、木材で簡素に作られた神棚に似た祭壇。これが、ここにいる異能者たちの異能を妨害しているのだ。

あまりに粗末な仕掛けと思わざるを得なかったが、急造ならこんなものか。

甘水は、懐から小刀を取り出し、抜き放つ。

そして……祭壇へ、一太刀。

簡素すぎる木造の祭壇は呆気なく、切り伏せられ、崩れ、術としての効力を失った。

「宝上、鍵を」

「は」

短い返答とともに、宝上は持っていた鍵で牢を手早く次々と開錠していく。

軍の取り締まりにより、拘束され、連行された異能心教、および平定団に属する者たちが、甘水への感謝を口にしつつ、あとからあとから牢を出て行く。

これだけの戦力に、さらに異能の効きにくい異形ども無数に足せば、異能者の質で対異特務小隊に劣っていても、物量で圧倒できる。

あの久堂清霞も、もう脅威ではない。

「さて。あちらも今頃、上手くやっているかね」

甘水は、別動隊として送り込んだ手の者たちへと、思いを馳せた。

日が暮れて、ますます気温が下がり、雪も次第に降り方を強くしていた。

手袋をしていても指先がかじかみ、白い息が闇に淡く現れては消えてを繰り返す。

美世たちは、堯人の宮の周辺で、昼間の騒ぎのあと始末に追われている。

あれだけ異形が湧いたのだし、まだどこかの物陰に隠れ、紛れているかもしれないので、その確認であったり、滅茶苦茶になってしまった砂利道や庭の簡単な片付けや整備だったりした。

五道や一志、葉月、対異特務小隊の面々も皆コートを着込み、せっせと作業をしている。

ゆり江は、護衛の件で走り回って疲れさせてしまったため、屋内での仕事を頼んでおり、この場にはいない。

また、堯人も無事で、今は宮殿内で待機していると聞いた。

(でも、新さんは、戻ってこなかった)

新の行方はついぞわからないままだ。いっさい顔を見せることなく、彼は姿を完全に消してしまった。

どうやら宮中にはいないらしい、とだけは判明したものの、それ以上の消息は辿れていない。

心配だが、宮城から出られない美世には、彼を探す手立てがなかった。

(どこへ行ってしまったのかしら……)

彼は、任務を途中で投げ出すような人ではない。

だとすれば、どこかで甘水に襲われたり、いざこざに巻き込まれたりしたのかもしれない。

そう思って、すでに清霞に捜索を頼んでいる。だが、この人手不足の緊急時に、どれだけ捜索に人員を割いてもらえるだろうか。

(新さんなら、大抵のことは大丈夫だと思うけれど)

不安は尽きない。しかし、だからこそ、美世もまた、清霞のそばから絶対に離れないという約束で、少しではあるが手伝いをしていた。

「冷えるから、中で待っていてもいいんだぞ」

数分おきに清霞が促してくるたびに、首を横に振った。

「いいんです。わたしだけ暖かいお部屋に引っ込んでいるなんて、できません」

「そうか。だが、つらくなったらすぐに言え」

はい、と返事をし、庭で折れた庭木の枝などを拾う。

大した手伝いにはならない、ただの自己満足だとわかっているが、何もしないのは嫌だった。

まだ胸騒ぎは、止まらない。

新がいなくなってしまった。同じように、清霞のそばにいなければ、美世がたった数秒でも目を離してしまえば、その隙に彼がいなくなってしまいそうで怖いのだ。

清霞が、甘水にどうこうされるわけがない。

信じたいのに、ざわざわと嫌な予感で胸が絶えず波打つ。


しばらく経ち、足元を雪が真っ白に染めた頃。美世の不安は、現実となった。

発端は、ひとりの隊員が清霞の元へ持ってきた報告だった。

「なんだと？」

「何度も確認しましたが、どうも事実みたいでして……」

昼間に捕まえた文部大臣の秘書官、それと、その秘書官の証言から反逆の疑いで身柄を拘束した、逓信省に勤務する文部大臣の縁者など、せっかく捕まえた異能心教の信徒や、協力者たちが次々と釈放されているというのだ。

今上帝の名の、釈放せよ、という令状の効力で以て。

「――甘水直か」

地を這うがごとく、清霞は低く唸る。

「隊長、いったいどうしたら」

「私たちは大海渡少将閣下の指示に従うしかあるまい。もし閣下がご無事でなかった場合は――」

会話が、途切れた。

砂利を踏む多くの軍靴の足音が、辺りに鳴り渡る。

宮城内の広い通りから堯人の宮の玄関前、庭までを繋ぐ、林に囲まれた一本の小道を、軍服を纏った集団が隙間もないほど大勢、駆けてくる。

月の見えない夜に、灯りはランプと、堯人の宮のほうから漏れ出る光のみ。

まるで、得体の知れない影の塊のような何かに、みるみる覆われていくようだった。

その黒い人の群れは、瞬く間に美世たちを、対異特務小隊の隊員たちを呑み込み、取り囲んでゆく。

清霞は、即座に美世を庭の中央から外れた、堯人の宮の建物の近くへと移動させ、さらに自身の背に庇う。

息を吐く間も、異議を唱える暇もなかった。

迅速に、正確に、その場の全員が、近づいてきた軍人たちにより、抜き放ったサーベルを突きつけられていた。

「な、なに」

「しっ。落ち着いて、奴らの言う通りにしていろ」

美世は、清霞の囁きに黙ってうなずく。

サーベルをこちらに向けるのは、対異特務小隊の所属でない帝国軍人と、黒いマントの者たち。異能心教の信徒のように見える。

なぜ、この二派が行動をともにするのか。

誰も疑問を口にすることもできないまま、五道、一志を含め、対異特務小隊の隊員たちも皆、抵抗しない意思表示として、両手を頭上に上げる。

そして。

彼らを率いる人物が、暗がりから姿を現した。

磨かれた革靴、仕立ての良いスーツと外套。品の良い整った顔立ちは、美世に何度も笑いかけてくれたものと同じ。

(新、さん……?)

行方をくらませていた美世の従兄、薄刃新の顔には、いつもの好青年然とした物腰柔らかな印象はない。

(どうして?)

新が軍を率いて、美世たちに刃を向けるなど異常だ。普通でない何かが、起こっている。だって、おかしいではないか。彼がそちら側にいるなんて。

それに、この軍人たちはいったい。

美世はわからないことだらけで、恐怖よりも呆然と立ち尽くすしかなかった。

「久堂少佐。非常に、残念です」

温度の籠らぬ新の言葉に、清霞は眉間にしわを寄せたまま口を開く。

「なんのことだ。薄刃、貴様こそ何をしている」

「あなたには、数々の傷害容疑、また、帝を拉致し国家転覆を目論んだ容疑がかかっています」

「なんだと？」

寝耳に水とは、このことだった。

その場の全員が、自らの耳を疑い、驚きを隠せないでいる。

「さらに、今日の昼間、文部大臣の秘書官を不当に拘束しましたね。こちらも罪状に含まれています」

「不当だと？　我々は任務を果たしたにすぎない。あの秘書官は、警護対象の民間人に攻撃し、なおかつ宮中に異形の群れを連れ込んだ。捕縛して当然だろう」

淡々とあらぬ罪を告げる新に、清霞も冷静な口調で返す。しかし、互いに互いの言葉が何も響いていないのが、美世たちにははっきりわかった。

大きく息を吐き、懐から愛用の拳銃を取り出した新は、ゆっくりとその銃口を清霞に定める。

「なんの真似だ」

「大人しくお縄についてください、久堂少佐。あなたは立派な容疑者になったんですよ」

新が何を言っているのか、まったく理解できない。

そもそも、なぜ、彼がまるで法の番人であるかのように清霞を糾弾し、捕まえにくるのかもわからない。役人でも何でもない民間人なのに、そちらこそ不当もいいところだ。

けれど、現に軍は動かされ、その刃はこちらを向いている。

（どうして……わたしたちが）

刃を突きつけられるとは、清霞が、美世たちが、何らかの罪を犯したということだ。軍にとって、美世たちが警戒すべき敵になったということでもある。

「そ、そんなはず……！」

美世はつい、身を乗り出して反論しようとした。

何かの間違いだ。清霞は傷害事件など起こしていないし、帝を拉致してもいない。関与してすら。そもそも、帝を連れ去ったのは異能心教であって、清霞であろうわけがない。

全部、でたらめ。でっちあげだ。

「美世」

けれど、静かに美世を止めたのは清霞自身であった。

「帝の身柄は異能心教の協力で、すでに軍が保護しました。陛下は御自ら、あなたの関与を訴えられ、あなたをすぐさま拘束するよう指令を下されたのです。なお、すでに対異特務小隊の臨時陣営及び、屯所も制圧済みです。妙な動きをすれば、直ちに全員射殺します」

銃を構えた新が、その腕を下ろさぬまま清霞に歩み寄る。

「身に覚えがない」

「安心なさってください。証拠も挙がっていますし、逃亡しようというならば反逆の大罪を犯した指名手配となり、この帝国のどこにもあなたの居場所はなくなります。まあ、逃げなかったとしても、死罪は免れませんが」

新の目は凍えそうなほど冷たく、そこには情の欠片さえも浮かばない。

周囲の軍人たちも微動だにしないまま刃をおさめようとせず、平定団の身なりをしたひとりが、前へ進み出て勅令が記された令状を高々と掲げた。

「久堂清霞は帝に害を及ぼす、大罪人である。速やかに捕らえよ！」

新が声を張り上げ、命じるのと同時。軍人数人が清霞に近づき、その手首に無骨な手鎖を嵌めた。

清霞なら抵抗も容易だろうに逆らわず、終始、されるがままだった。

「薄刃。お前は、そちら側につくということか」

緊張感を含み、張り詰めた——けれど、どこか諦念を感じさせる口調。

新は、肯定も否定もしない。

清霞が抵抗しないのは、おそらく美世たちのためだ。それが、痛いほどわかる。

この場で彼が逃亡を図ろうとすれば、それこそ大罪人の縁者として美世や葉月、久堂家にかかわる全員の身の安全は保障されなくなる。

「新さん！」

一縷(いちる)の望みにかけ、美世は従兄を呼ぶ。

だが、冷酷な光を宿した眼差(まなざ)しに貫かれ圧倒されて、身震いしてしまった。

「美世は黙っていてください」

「で、できません！」

あんなにも優しく、家族として慕っていた従兄が怖い。

まるで別人にでもなってしまったかのようで、ただひたすら近寄りがたく、今までのように真(ま)っ直(す)ぐ向き合うことすら、躊躇(ためら)われる。

「俺を怒らせないでください、美世。あなたは知っているでしょう。祖師の、お考えを」

なぜ、彼の口から『祖師』なんて単語が出る。なぜ、なぜ、なぜ。

あれほど、甘水の所業に憤っていたではないか。薄刃を盛り立てようとしたのに、足を引っ張られたと。それなのに。

「なん、で」

乾いた口内で、息がかすれた。

ふ、と新は目を逸(そ)らし、その相貌は暗く澱(よど)んだ翳(かげ)りに沈む。

「薄刃家の利となる。我ながら単純とは思いますが、そのために甘水に協力することに決めました」

「う、裏切るのですか……？」

「これ以上の問答は無用です。——久堂清霞。あなたを連行します」

おそるおそる訊いた美世を、新はばっさりと切り捨てる。

彼は本当に、あの新なのだろうか。

強い拒絶を示され、絶句する。

薄刃家の利となる、なんて、そんな理屈では納得できない。甘水はあらゆる薄刃の掟を破って生きてきた人間だ。それを、ずっと苦しみながら、薄刃に縛られてもなお、もがいていた新が受け入れるのか。

彼が人生すべてで背負っていた責任は、そんなにも軽いものだったのか。

「新さん！」

叫んでも、新は止まらない。軍人たちも、見向きもしない。

「……薄刃、いいか？」

手鎖で手の動きを封じられた清霞は、軍人たちに追い立てられる直前、新に目配せをした。

「まあ、いいでしょう」

新は何かを察した様子で、軍人たちを制止する。

そして一時、軍人たちの輪から逃れた彼は美世の目の前に立った。

凍える風が吹く。音を立てて吹き抜けていった冷気が、雪の粒を巻き上げて、頬に冷たく触る。

「美世」

今まで一番。

温かく、柔らかく、蕩(とろ)けるように、名を呼ばれる。

見上げた美貌には、これから罪に問われ、死にに行くも同然の者とは思えないほど穏やかな微笑(ほほえ)みが浮かんでいた。

「後悔しないよう、言っておく」

聞きたくない。

聞いたらきっと、終わってしまう。

もう、あの優しさに満ちた日々には戻れなくなってしまう。

離れたくない。失いたくない。でも美世にはどうしようもなく、ただ見ていることしかできない。

目頭が熱くなる。潤んでぼやけた視界では、大好きな人の顔もよく見えない。

「嫌、です。聞きたくありません。だから、行かないで」

清霞の胸に飛び込み、必死に縋る。あとから、あとから、涙が溢れて止まらない。

手錠をかけられたままの清霞は、煩わしそうに指を軽く彷徨わせてから、身をかがめた。

そうして、耳元で小さな囁きが――ひとつ。


「愛している」


「……あ」

愛の言葉は星屑のごとく、ぽつり、と落ちて、消えてしまう。

ぬくもりを教えてくれた手が、美世の髪のひと房を撫で、離れてゆく。

「もっと、早く言うべきだった。お前の感情がどうであろうと、私の心は変わらないのだから」

名残惜しさなど感じさせず、清霞は身を翻す。

月光の差さない、暗雲垂れ込む薄闇に、紫の髪紐で結われた髪が流れる。

脚に力が入らず、美世は白く冷ややかな絨毯にへたり込んだ。

「だが、美世。どうか、我儘(わがまま)を言わせてくれ。……ずっと待っていてほしい。私が戻るまで。あの家で」

最後に告げた清霞の表情を見ることは、叶(かな)わない。

見慣れた背が、どんどん遠ざかっていく。

ああ、どうして。

わかっていたではないか。甘水直が何かを企(たくら)んでいたこと。それが、清霞を狙ったものだったことを。

それなのに、危機を伝えるだけ伝えたら満足し、ひとまず解決したように見えたから満足した。

時間はあった。数刻、たっぷりと。だというのに、美世はいったい何をしていた？

自己満足に浸りきり、役に立っているふり、何かを成し遂げようとしているふりばかりで、実際には何もできてなどいなかった。

一方、その数刻で甘水は動き、こうして、清霞を捕らえている。

（わたしは、なんて愚かなの）

自分は動けない、守られている立場だから。術も異能も使えない、学び始めるのが遅かったから。仕方ない、どうしようもない。

そうやって理由をつけ、言い訳して、行動を怠ったのは美世自身。

清霞は強いから、きっと大丈夫だなんて、思い込もうともしていた。甘水に否定されていたにもかかわらず。

知っていたはずだ。

世の中に、当たり前のものなどない。理不尽などそこら中にいくらでも転がっていて、抗わなければ、何も変わりはしないと。

(もう旦那さまには会えないかもしれない。わたしのせいで)

清霞のくれた愛に答えるすべも、もうない。

本当は、自分の想いにずっと前から気づいていたのに、言えるときに言わず、逃げていただけだったからだ。

やっぱりそれも、美世自身のせいでしかない。

頭の奥が、雪を詰め込まれたみたいに温度を失い、真っ白になる。

「う……っ、ああ」

美世は両手で顔を覆い、慟哭した。

終章

曇った空から、白く儚(はかな)げな六花(りっか)が舞い降りる。

地上は一面、純白に冷たく覆われ、足を踏み出すたび重くまとわりつく雪に、人々は歩くのもままならない。

尭人(たかいひと)が危機を予知した、真白が広がる雪の季節が到来していた。

美世(みよ)はかじかむ手に、息を吐きかけて温める。

小さな紅白の梅が散る薄橙(うすだいだい)の小紋に、動きやすいよう袴(はかま)を穿(は)き、足も同様に動きやすさと防寒のため草履ではなく、黒茶色の革製の紐靴(ひもぐつ)で覆った。

以前、義母となる久堂芙由(くどうふゆ)から譲り受けた、白いレースのリボンで髪をまとめ、顔はおしろいと口紅のみの薄化粧を施せば、支度が完了する。

まだ暗い冬の早朝、薄らと雪の吹き込んだ久堂家本邸の玄関先に立ち、美世は背後を振り返った。

（書置きは部屋に残してきたし……大丈夫よね）

清霞(きよか)が連行されてから、四日ほどが経過していた。

あれから、いろいろなことが変化したように思う。

まず、美世と葉月(はづき)、ゆり江(え)は堯人の宮を出て、久堂家の本邸に滞在先を移した。

堯人からは止められた。まだ危険だからと。だが、甘水(うすい)の狙いが清霞であり、その目的が達成されたからには、おそらく、美世はもう直接狙われることはない。

それに、秘書官による襲撃の直前、堯人の宮で護衛をいっさい受けてもらえなかった件もある。

あれは、堯人の強硬的な態度に反感を持った宮内大臣の嫌がらせだとあとで発覚し、大臣からは非公式に謝罪を受けた。

だが、不信感を抱くには十分な出来事だった。

清霞が連行され、堯人自身も命の危険が間近に迫っている。宮城への出入りは今まで以上に厳しくなり、外部の人間は原則、立ち入りを禁止されることになった。

もう、美世たちに配慮する余裕も、堯人や宮内省にはないだろう。

だから、宮城を出てきたのは正解だったと思っている。

(そして——)

甘水の手により、年末から対異特務小隊(たいいとくむしょうたい)がせっせと捕まえた平定団(へいていだん)や異能心教(いのうしんきょう)の人工異能者たちは、全員が解放された。

異能心教に味方する者が釈放され、反対に、逆らう者は続々と拘束されている。

帝国の正義は、まるきり、ひっくり返った。

(街や風景は、何も変わっていないように見えるのに)

美世は久堂家を囲む柵の向こう、白く染まった帝都を見渡してから、視線を戻す。

清霞が連行されてからの、四日間。

初めの一日は何も手につかず、自失して過ごした。二日目に堯人の宮を辞して久堂家本邸に厄介になり、三日目には部屋に引きこもりながら、心を決めた。

(わたしが、旦那さまを迎えに行く)

清霞は、あの二人の家で待っていてほしいと言った。それが、たったひとつの我儘であると。

けれど、美世は言いつけに背く。

(異能心教は、たぶんわたしを待っている。そのために旦那さまを捕まえたはずだもの。だからあえて誘いに乗って、旦那さまに会う)

清霞は捕まり、新(あらた)には裏切られた。対異特務小隊や一志(かずし)も、清霞の罪状に加担した可能性があるとのことで、今は平定団や軍人たちが入り交じる甘水の手勢に厳重に監視され、隊員全員が自由には動けない状態だ。

政府で内通者を調べていた大海渡とも、依然として連絡がとれない。

誰も彼も皆、自分のことで精一杯。美世だけ、甘えたままではいられない。

危険は重々承知している。

ただ、今回ばかりはただぼんやりと待っているわけにはいかない。

なぜなら、甘水が待っているのは美世であり、すべては彼の思惑で動いているのだから。

これまでが間違っていた。決着をつけるべきは美世自身なのに、いつまでも人に任せておいてはいけないのだ。

動かなかったら、後悔する。さんざん思い知った。

清霞からこれまでにもらったお守りは、懐に大事にしまってある。美世にとって、それが守り刀だ。

「……お義姉さん、ごめんなさい」

葉月には、何も言わずに出てきてしまった。たぶん、一緒に行くと言うだろうから。

彼女はもう、巻き込めない。久堂家で待つ人は必要だし、葉月は旭の母でもある。

もし万が一のことがあった場合、母親を失ってしまうかもしれない旭を思えば、やはり頼れない。

異能心教相手では、命の保証はできない。

それだけの覚悟を持って、美世は乗り込むのだ。

(わたしは、きっと無事に旦那さまと帰る。そのとき、お義姉さんの笑顔が見られたら安心するわね。旦那さまも)

帰ったとき、葉月やゆり江が出迎えてくれたらうれしい。……勝手をしたことを、叱られるかもしれないけれど。でも、そのあとでもいいから。

「絶対に、帰ります」

できる限りの笑顔で、誰もいない玄関に告げる。

決して、この誓いを嘘にはしない。清霞を連れて、必ず戻ってくる。

「行ってきます」

美世は踵を返し、ひとり、歩きだす。

あのとき、連行される清霞の背を見送ったとき——今までの人生で一番、後悔した。

心のどこかで、このまま無難にやり過ごしていればいつしか全部上手くいって、平和な日々に戻れるのだと。そう、甘い考えでいたことを。

(わたしは、本当に愚かだわ)

何が、温かな暮らしに戻れればそれでいい、だ。

こんなにも脆く崩れ去るものを、当たり前のように享受し、それがいかに大切か忘れるなんて。

想いを告げなければ、一生、後悔したままになるかもしれないのに。

「もう、躊躇わないわ」

ぎゅ、ぎゅ、と踏みしめるたびに鳴る雪の音が、油断すると及び腰になりそうな心を引き締めてくれる。

弱気になるなと、叱咤してくる。

とっくに気づいていた。清霞に抱くこの想いを、彼に返さなければ。

伝えられるときに伝えることの重要さを、まったくわかっていなかった。気づくのが遅すぎた。

けれどまだ、間に合うはずだ。

邸宅が多く立ち並び、人通りの少ない冬の街路の先を、真っ直ぐに見据える。

美世は一度も振り向くことなく、ただひたすらに、進んでいった。

あとがき

皆さま、大変長らくお待たせいたしました。お久しぶりです。

最近、ペンネームの由来は何ですか？　と訊(き)かれる機会が多く、そのたびに返答に困り、思いつきで珍妙なペンネームにしてしまったことを後悔している、顎木(あぎとぎ)あくみです。

本作もいよいよ五巻となりまして、三巻から続いている一連の甘水(うすい)編（仮）もそろそろ終わりが間近となってまいりました。

物語を書き始めた頃は、一巻の嫁入りと二巻の薄刃(うすば)の話を描き切れれば満足だ、くらいに考えていたのですが、早いもので今やもう五巻。もはやタイトル詐欺のようになってきた気がするものの、ようやく先が見えてきてほっとしています。

それもこれも、『わたしの幸せな結婚』をずっと応援してくださった皆さまのおかげです。ファンレターも本当にたくさんいただいて、いつも励みにしております。ありがとうございます。

今回もまた平和な日々にはほど遠く、試練続きの美世と清霞、その他キャラクターたちですが、もっとほのぼの恋愛して、ファンタジーして、夫婦をしている話もいずれ書けたらな、と常々思っています。二人に、もっともっとなにげない幸せを味わわせたい……。内容が真逆では、というツッコみはなしでお願いします……。

また、高坂りと先生による『わたしの幸せな結婚』コミカライズも、ありがたいことに大変盛り上がっております！　まだご覧になっていない方は、スクウェア・エニックス様『ガンガンONLINE』をぜひ、ぜひご確認ください。尊くて萌えます！

毎度のことながら、この本を完成させるにあたり、方々に、特に担当編集さまには、大層ご心配おかけしました。無事にあとがきまでたどり着けました。ありがとうございます。

今巻でも表紙イラストを描いてくださった、月岡月穂先生。すごく儚げで美しい表紙に、ここまで書いてきて本当によかった……と感激しました。心から感謝申し上げます。

最後に、こんなあとがきの終わりの、すみずみまで読んでくださった、読者の皆さま。いつも『わたしの幸せな結婚』の世界にお付き合いいただき、ありがとうございます。五巻もお楽しみいただけたなら幸いです。

ではまた、次の機会に。

顎木あくみ

お便りはこちらまで

〒一〇二―八一七七
富士見L文庫編集部　気付
顎木あくみ（様）宛
月岡月穂（様）宛

富士見Ｌ文庫

わたしの幸せな結婚 五

顎木あくみ

2021年７月15日　初版発行

2023年４月５日　10版発行

発行者　山下直久

発　行　株式会社 KADOKAWA

〒102-8177　東京都千代田区富士見2-13-3

電話　0570-002-301（ナビダイヤル）

印刷所　株式会社暁印刷

製本所　本間製本株式会社

装丁者　西村弘美

定価はカバーに表示してあります。　◇◇◇

●お問い合わせ

https://www.kadokawa.co.jp/（「お問い合わせ」へお進みください）

※内容によっては、お答えできない場合があります。

※サポートは日本国内のみとさせていただきます。

※Japanese text only

ISBN 978-4-04-073948-9 C0193

後宮妃の管理人

著／しきみ 彰　イラスト／Izumi

後宮を守る相棒は、美しき(女装)夫——？
商家の娘、後宮の闇に挑む！

勅旨により急遽結婚と後宮仕えが決定した大手商家の娘・優蘭。お相手は年下の右丞相で美丈夫とくれば、嫁き遅れとしては申し訳なさしかない。しかし後宮で待ち受けていた美女が一言——「あなたの夫です」って!?

【シリーズ既刊】1～4巻

富士見L文庫

暁花薬殿物語

著／佐々木禎子　　イラスト／サカノ景子

ゴールは帝と円満離縁!?
皇后候補の成り下がり“逆”シンデレラ物語!!

薬師を志しながらなぜか入内することになってしまった暁下姫。有力貴族四家の姫君が揃い、若き帝を巡る女たちの闘いの火蓋が切られた……のだが、暁下姫が宮廷内の健康法に口出ししたことが思わぬ闇をあぶり出し？